ことのは文庫

極彩色の食卓

カルテットキッチン

みお

MICRO MAGAZINE

Contents

音楽喫茶『カルテットキッチン』

外観

Music Café "QUARTET KITCHEN" Layout

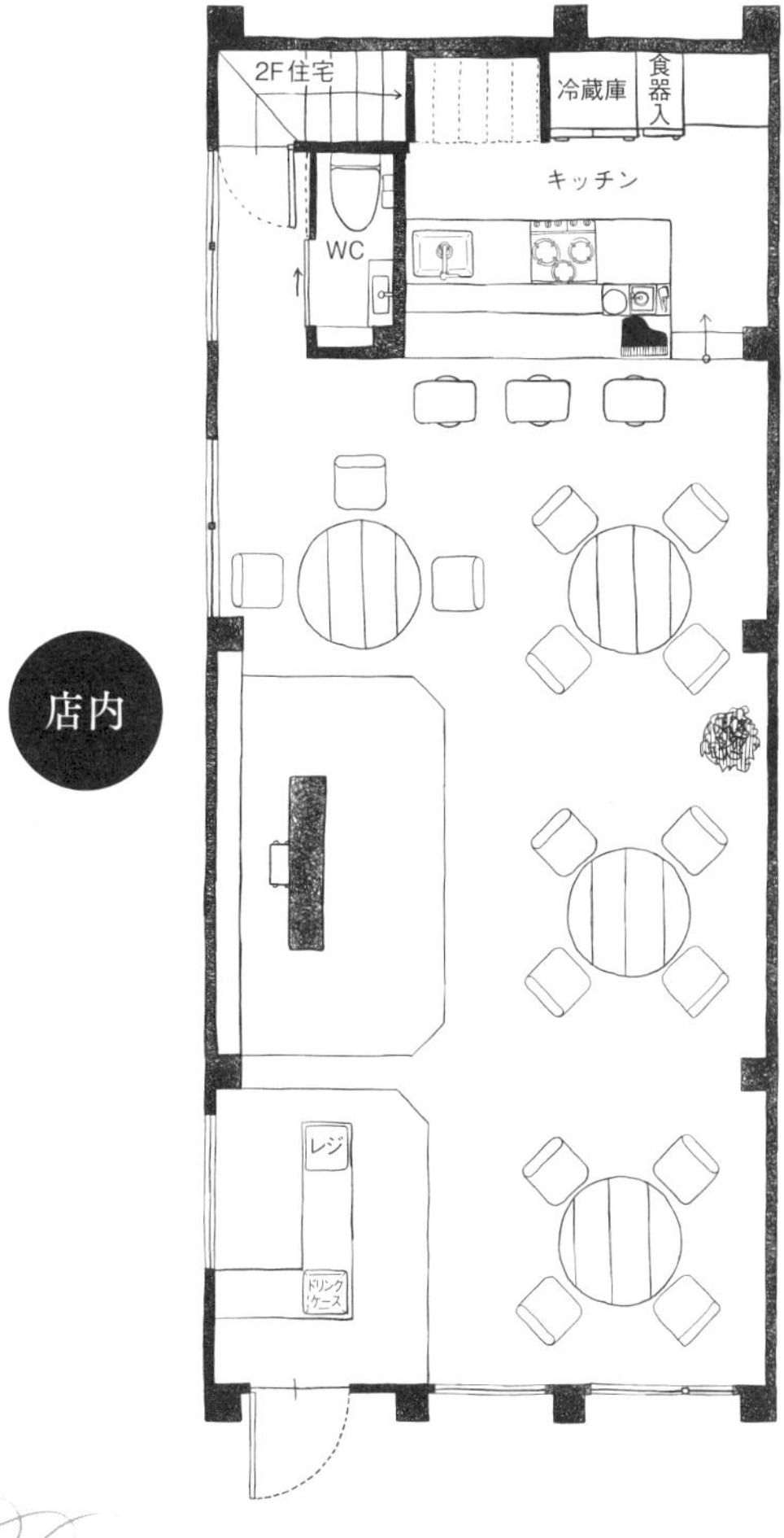

極彩色の食卓

カルテットキッチン

プレリュードのクリスマスクッキー

その日、桜《さくら》の耳に響いていたのは空を引き裂くような雷鳴と叩きつける雨音。そして自分の涙声だけだった。


十二月二十五日、クリスマス。

桜の通う幼稚園の門は閉じられ、冷たい雨ばかり降っている。

周囲は真っ暗。黒いカーテンをおろしたようだ。

「……っ！」

空気を震わせ雷鳴が響く。桜は悲鳴を上げてその場に座り込んだ。

スカートも靴も雨水でべちゃべちゃだ。歩くたびに水の音がする。周囲には誰もいない。

一人ぼっちだ。桜は大きな鞄を抱え直すと大粒の雨の中、もう一度駆け出した。

……友達は今頃、暖かい部屋でケーキを食べているのかもしれない。

いい子にしていた友達は今頃、プレゼントを開けている頃かもしれない。

しかし桜はたった一人、冷たい雨の道を走っている。

桜ちゃんはお父さんがいないんだね。

桜ちゃんのお母さんはいつもお迎えに遅刻するんだね。


幼稚園の友達は皆、そう言って不思議そうに首を傾げる。

(だって……おとうさんは、病院で……おかあさんは、お医者さんだもん……)

涙をこらえ、桜は商店のひさしの下へ駆け込んだ。

大粒の雨が青いビニールのひさしを激しく叩き、大きくたわんでいる。それを見上げて、桜は身をこわばらせた。

(壊れそう……)

桜は抱えていた鞄から小さなおもちゃのピアノを取り出した。赤や青、黄色などカラフルな色で塗られたピアノは、薄暗い中でも輝いて見えた。

一滴の雨粒も付いていないピアノを桜は優しく撫でる。

「……怖くないもん」

幼稚園が終わって、もう何時間経っただろう。

今日は幼稚園のクリスマス会だった。しかしケーキを食べ終わっても帰宅の時間になっても、お母さんは迎えに来なかった。

園のお友達が一人、二人と帰っていってもお母さんは来ず、桜はとうとう最後の一人になってしまった。

それでも、桜は園で待ち続けた。なぜなら桜は今朝、お母さんと約束をしたのだ。

今日は二人でお父さんの病院へ行く。そしてレクリエーションルームのピアノでクリスマスソングを弾く。

そう言って、桜はお母さんと指切りしたのだ。

お母さんを待つ。と駄々をこねる桜の手を引き、家まで送ってくれたのは園の先生。

サンタクロースの恰好をした先生は「お家で大人しくお母さんを待つこと」と、厳しい顔で桜にそう言った。

(だって……桜、幼稚園で待ってるって……約束したんだもん)

お母さんはけして約束を破らない。桜もお母さんとの約束は破らない。

だから桜はこっそりと家を抜け出した。雨の降る真っ暗な道を走って、また幼稚園に戻ってきたのだ。

これは桜にとって、人生で二度目の大冒険だった。

しかし、この冒険にはちゃんとした理由がある。

(……おとうさんとも、約束したもん)

お父さんがお母さんに内緒で桜を呼び出したのは、三日前のこと。

ゆっくりとベッドから起き上がったお父さんは、桜に向かって『お母さんを守ってあげてね』と、そう言った。

『これは桜にだけ、できることだよ』

お父さんはそう言って、熱い拳を桜の前に差し出したのだ。桜も緊張しながら拳を握り、お父さんの拳に、こつん。と、ぶつけた。

これは二人の約束の印だ。指切りげんまんより、もう少し強い約束の印。

お父さんの言葉を聞いて、桜は嬉しかった。まるで自分が怪獣みたいに強くなった、そんな気がした。

お父さんはその後、なにか大切なことを言っていた気がするが、それを忘れてしまうくらい、嬉しかった。

だからお母さんが迷子にならないように、お母さんを守れるように、約束通りここで待つのだ。それは、桜の使命なのだ。

聞き漏らしてしまった言葉は今日こっそり聞けばいい、お母さんの見ていない隙に。

「おかあさん……」

呟きは、雨の音に溶ける。

桜の目から涙がまた落ちそうになった瞬間、真横から小さな音が聞こえた……続いて、静かな声も。

「こんばんは。かわいらしいピアニストさん」

「おかあさん!?」

「雨宿り、お邪魔してもいいかしら」

……そこに居たのは、お母さんではなく知らない女の人だ。

綺麗な緑色のコートを着た女の人が桜の隣に立っていた。

彼女の手には四角い鞄とぴかぴかの傘。その傘を地面に投げ捨てると、彼女は堂々とひさしの下に滑り込んでくる。

そしてその人は桜を覗き込み、にこりと笑った。

「とてもかわいらしいピアノね」

桜の頭に浮かんだのは、先生の口癖「知らない人が声をかけてきても応えてはいけません」という言葉。

桜は逃げようとして、背中を壁に叩きつける。

しかし女の人は桜を見つめたまま動かない。大きな音で雷が光っても、彼女は少しも怯えない。

「サンタクロース……」

彼女は桜のポシェットを見つめているのだ。そこには、サンタクロース型のワッペンがついている。

女の人は、何かを思い出したように、ふっと笑った。

「クリスマスなのね」

桜は逃げられなかった……いや、逃げる気がなくなった。

「クリスマスの夜に悲しすぎるわ……こんな雨は」

彼女が静かに泣いているからである。

その水は雨のしずくなどではない。目からゆっくり溢れ出す涙だ。

だから桜は思わず、女性に近づいていた。

「おばちゃん……泣いてるの？」

「そうね」

「おとななのに？」

「そうよ、大人でも泣くのよ、悲しいことがあればね」

彼女は涙を飲み込むように空を眺める。

雨が顔に当たっても、彼女はまっすぐに背を伸ばしたまま。姿勢の綺麗な人だった。

「あなたも悲しいの？」

そう言って、彼女は桜の頬をそっと撫でる。涙の跡をたどる冷たい指先に、桜は小さく肩を震わせた。

「……な、泣いてないもん」

桜の頬を撫でる彼女の指には、赤や緑の鮮やかな色が染み込んでいる。

彼女が動くたび、不思議な香りがぷんと香った。それはお道具箱の匂いだ。つん、と鼻の奥を刺激する……絵の具の匂い。

「言いたくないことなんて誰にでもあるわ。皆、色々な過去があるんだもの」

その匂いで桜は、幼稚園のお絵かきの時間を思い出す。

（絵の具……）

桜は園の中で一番、絵が下手だ。絵を描くと、すぐに手を絵の具まみれにしてしまう。

(きっと、このおばちゃんも、そうなんだ)

そう思うと、少しだけ安心した。ほっと息を吐き、彼女の顔をまっすぐに見つめる。

絵の具の香りと色に包まれた彼女は、まるで絵の具でできているようだった。

「お嬢さん、今日はお一人?」

「おかあ……さん……が……くるから」

「待ち合わせなのね。じゃあ、それまでご一緒していいかしら」

ぎこちない桜の言葉を聞いても彼女は気にせず微笑む。

「お邪魔じゃなければ、だけど」

ぴかり、と空が光って桜は思わず小さな悲鳴を上げた。雨が一段と激しく降る。

黒いアスファルトに水が弾け、ひさしに溜まった水が滝のように流れ落ちてきた。

しかし女の人は雨に手をかざし、平然と空を見上げている。

「雷と……雨は嫌い?」

優しく尋ねられ、桜は照れるように小さく頷く。

「ちいさいとき……迷子になったの」

……ずっと小さな頃。桜は初めての大冒険の末、迷子になった。幼馴染の夏生《なつお》と、歩いてお父さんの病院へ行こうとしたのだ。

桜は嫌がる夏生の手を引き、何時間も歩いた。途中で雨が降ってやがて夜になり、お巡りさんが二人をパトカーに乗せてくれた。

泣きつかれて眠る夏生の顔と怒る母の声だけ覚えている。

確かそれは、ひどい雷雨の夜だった。

それから桜は、雨が苦手である。

「……だから……」

急に恥ずかしくなり、桜は俯く。

こんなことを知らない人に言うなんて、まるで小さな子供のようだ。

桜は来年から小学校に進むお姉さんだというのに。

(小学校……)

雨の向こう、ぼんやりと見える建物を桜はじっと見つめる。それは、桜が来年から通う小学校の建物だ。

ランドセルは密かに用意している。今日が雨でなければ病院でお父さんに披露するはずだった。

しかし、今日は雨予報。だから見せるのは晴れた日にしよう、とお母さんが言うので、桜は素直にランドセルを置いてきた……もう、桜は小さな子供ではない。

「あ……そうだ。おかし、あげる。おかあさんのだけど……内緒だよ」

桜はごまかすように、ポシェットから一枚、クッキーを取り出した。

それは今日、幼稚園で焼いたクッキーだ。クッキー生地の真ん中が丸くくり抜かれ、そこに赤い色が流し込まれている。

「まあ……キラキラしてる……これは？」

「飴だよ。ステンドグラスクッキー、っていうの」

桜は胸を張って言う。飴を刻んでオーブンで焼けば、溶けてガラスみたいに光る。だからクッキーの真ん中をくり抜いて、その中に飴を流して焼けばきっと綺麗なクッキーになるに違いない……と、思いついたのは桜だ。

「難しい言葉を知っているのね」

「桜がはつめいしたんだよ。夏生のお家にね、ステンドグラスがあるの」

幼馴染の夏生の家にはキラキラ光るガラス窓がある。ステンドグラスというのだ。と教えてもらった。このクッキーは、そのステンドグラスにそっくりだ。

「……綺麗。本当に……ガラスみたい」

クッキーの真ん中には、赤く固まった飴の赤。それを彼女はうっとりと見つめた。

「嬉しいわ。お腹が空いていたの。これで私たちキョウハンシャね」

女の人はまた難しい言葉を使う。しかしそれが桜には心地いい。

彼女が桜を一人前の女の子として扱ってくれるからだ。

彼女はじっとクッキーを眺め、赤が綺麗。と呟いた。

そして、まるで色を食べるようにクッキーをかじる。

「サクサクして美味しいわ。あなたにはきっと、お菓子作りの才能があるのね」

「おかあさんはね、さくらのこと、シェフってよぶよ」

「それはね、お料理が得意な人のことよ」

笑う彼女の顔から涙は消えた。それを見て、桜は少しほっとする。

彼女のおかげで、桜の寂しさは少しだけ薄れてしまった。

「お礼に絵を見せてあげるわね」

まるで秘密の話をするように、彼女はそっと、手元の鞄を開く。

そこから、大きな一枚の絵が飛び出してきた。

きちんとした枠に収められた、立派な絵……まるで、美術館にあるような。

それを見て桜は思わず前のめりになる。

「わあ……」

それは一面の……ひまわり畑である。

「すごく……綺麗」

目の前に、目が覚めるような黄色が躍っている。

まるでひまわりが揺れているように見えた。風がひまわりを揺らす音が聞こえるようだ。

真っ暗なこの場所に、突然、光が溢れたようだ。

渦を巻くようなひまわり畑の中央に、男の子と女の子が立っている。

女の子は男の子をぎゅっと抱きしめて、ひまわりに負けないほど明るい笑顔をこちらに向けていた。

嬉しそうに大きな口を開けて笑う女の子に、少し照れたような男の子。冬なのに、夏の風が吹いた気がした。

桜は恐る恐る、絵に手を伸ばす。ざらりとしたそれは、たしかに絵だ。

「おばちゃんが描いたの？」

「そう。捨てようと思ったのに、捨てられなかった」

「こんなに綺麗なのに？」

桜の声が思わず震えた。女の人が悲しい顔をしたせいだ。

「私が黄色を使うとね、だいたい嫌なことが起きるの。やっぱり捨てるべきだった」

彼女は絵から顔を背ける。見てもらえない絵がかわいそうで桜は彼女の手を掴む。

「そんなこと、ないよ」

彼女の指は赤や緑、紫色と様々な色に染まっているのに、驚くほど冷たかった。

「だって、綺麗だもん。キラキラして……綺麗で……」

綺麗という言葉以外、桜は思いつかない。この美しさを伝える言葉を桜はまだ知らない。

「綺麗だから……綺麗だもん……」

女の人は遠くを見つめ、目を指で拭う。

「……ありがとう、本当に、すごく綺麗な絵ね。綺麗な……」

彼女はようやく、桜の言葉を飲み込むようにそういった。

「綺麗と言ってくれて、ありがとう」

絵の中にいるのは、長い髪の女の子に、色白の男の子。二人は幸せそうだ。これ以上ないほどに、幸せそうだ。

二人の人物の間に、小さなピアノの絵があった。それは桜が持つおもちゃのピアノによく似ている。

お母さんは「アンティーク」だと呼ぶ、小さなピアノのおもちゃ。

「これ、さくらの、ピアノにそっくり」

「そうね。すごく似てる」

「これ、サンタさんにもらったんだよ。でもね……さくらはねえ、しってるの……サンタさんはいないんだよ」

桜は大事なことを伝えるように、小声になる。

「サンタはおとうさんなの」

ずっと、ずっと欲しかったそのピアノのおもちゃは、お父さんのお気に入りだった。

だから一年前のクリスマスの朝、プレゼントの箱を開けて桜はがっかりした。

あの時、桜は園の中で最も早く、サンタの正体を知ることになってしまったのだ。

「じゃあ、あなたのお父さんは本物のサンタクロースなのね」

しかし、女性はにこりと、微笑む。そんなこと、考えたことすらなかった桜は、ぽかんと固まることとなる。

「お父さんが？」

「そうよ。今頃、世界中を飛んでいるのかも……あなたみたいな子の夢を叶えるために」

そして彼女は絵を片付けると、桜の顔をじっと見つめる。

「……ねえ、その素敵なピアノの音があればもっと素敵な時間になると思わない？」

彼女が急かすので、桜はついつい寂しさや恐怖を忘れた。雷はまだ鳴り響いているが、なぜだか急に心がふわりと軽くなった。

それは、この人が隣にいるからだ。それだけで寂しさも怖さも去っていく。

「じゃ……じゃあ、弾くね」

鍵盤に指を置くだけで緊張がだんだんと解けていく。

ピアノは好きだった。音楽は好きだった。音楽は、桜にとっての一番の薬である。

「いち、にい、さん」

声を上げて手を動かす。ぽん、ぽん。まるで叩くような演奏に、彼女は目を丸くして手を打った。

「お上手ね」

「ジングルベル。あわてんぼうの、さんたくろーす」

胸を張って演奏すれば、彼女はじっと耳を澄まして聴いてくれる。

クリスマスの曲は、ショートケーキと美味しいスープの香りが似合う。そんな温かくてちょっと甘い音だった。

「すごく上手ね。ねえ、どこがドの音なの？」

「ここだよ」

褒めてくれるのが嬉しくて、桜は続々と鍵盤を叩いてみせる。一曲叩くたびに彼女の顔がほころぶ。

桜はピアノ教室に通い始めたばかりだ。

以前から桜は、お母さんが弾くピアノの音が大好きだった。そんなお母さんから「ピアノ教室通ってみる？」と言われたのは今年の誕生日のこと。それは桜にとって、最高のプレゼントである。

ピアノの先生は少し怖いが、ピアノを触っている間は悲しいことも怖いことも、何もかも忘れることができる。

……今のように。

音が闇の中に響く。雷や雨の音、そんなものを突き破って高い音が綺麗に響く。

音が響けば、胸が温かくなり指先が火照っていく。最初から弾けば良かったのだ。弾けばこんなにも楽しくなる。

人前で弾くのは好きだ。

自分のピアノで人が喜んでくれる、それがとても嬉しい。

「本当に、上手ね」

彼女は桜のピアノの音を聞いて微笑む。やがて彼女は鞄から紙を取り出すと、その上に鉛筆を走らせた。

さらに彼女の鞄からはカラフルな色鉛筆まで登場する。彼女の鞄はまるで魔法の鞄だ。

楽しそうな彼女が気になって、桜は思わずにじり寄る。薄暗い中でもよく分かるほど……鮮やかな絵が、そこにある。

イチゴのケーキ、もみの木、トナカイに、夢のような暖炉のあるお家。

まるで中から賑やかな音楽が聞こえるようだった。今にも動き出しそうな……。

彼女の指が、まるで魔法のように絵を生み出していく。

「綺麗！」

思わず声を上げると彼女は嬉しそうに笑う。

「ありがとう……ほら見て、あなたのピアノのおかげでもう雨も止むわ」

彼女の言う通り、奇跡のように雷の音も遠ざかりつつある。

雨も細くなり、どこかの家から漏れるテレビの音や声が聞こえてくる。

世界に光が満ちた、そんな気がした。

白い息も冷たい風も何も気にならない。ただ、目の前に広がる世界のすべてがキラキラ輝いているようだった。

「大丈夫？　もう、悲しくない？」

「綺麗で……泣くのわすれちゃった」

冷たい顔を両手で押さえ、桜は照れるように笑う。何が寂しかったのだろう。なぜ、一人ぼっちだなんて思ったのだろう。

お母さんは、まもなくやってくる。お母さんはうっかりしているが約束だけは破らない。

「おばちゃんも、もうなかない？」

照れながら笑うと、彼女もようやく幸せそうに微笑んだ。

「実は今日ね、とても悲しいことがあったの」

彼女はどこか遠くを見るように、目を細めた。また泣くのかと身構えたが、彼女は泣かない。ただ目を細めただけだ。

「……でもあなたのピアノを聞いて少し元気が出たわ」

彼女は紙を丸めると、桜にそれをそっと手渡した。

「お礼よ。あげる」

「いいの？」

「もちろん」

受け取ると、それはしっとりと湿って柔らかい。恐る恐る抱きしめると、絵の具と雨の匂いが、つん。と香った。

「私は悲しいことがあると絵を描くけれど、あなたはピアノを弾くのね。それは幸せなことだわ……ねえ、約束して。ピアノはずっと弾き続けてね」

「おばちゃん？」

「私も……どんなに悲しくても、クリスマスには必ず絵を描くわ。二人の約束」

彼女は、カラフルな人差し指を唇に押し付けて目を細める。

「それとね、あなたがここでピアノを弾いたこと、ステンドグラスのクッキーをくれたことは内緒。二人だけの秘密。守れるかしら」

彼女は桜の耳にそっと、囁きかけた。耳に触れた彼女の頬は驚くほど冷たい。

……この人はいつから、外にいたのだろう。

「もうおばちゃんは行くわね。でも大丈夫。お母さんはすぐに来るから」

彼女の顔から涙は消えていたが、やはりどこか寂しそうで桜のほうが泣きそうになる。

「なんで……」

「なんで分かるかって？」

桜のお母さんは、まもなく迎えに来てくれるだろう。

しかし、彼女は……誰も迎えに来てくれないのではないか。そんな気がした。

「……私が魔女だからよ」

彼女は桜の頭を一度撫で、そして背を向ける。彼女の持つ鞄が雨の中で左右に揺れて
……揺れて……そして消えていく。

緑色のコートが闇に溶けるのと同時に、背後から待ち望んでいた声が聞こえた。

「桜！」

それは、まさに魔法だ。

その声を聞いた桜は、慌てて貰った絵を小さく折りたたんで隠した。なぜか、彼女と過ごした時間は秘密にしなければならない……そんな気がした。

なぜならあの人は、魔女なのだから。

「おかあさん！」

少しの秘密を飲み込んだ桜は大急ぎで温かな腕に飛び込む。消毒薬の香りが染み込んだ、お母さんの腕の中へ。

いつもなら、抱きしめてくれる。遅くなってごめんね。そう言ってくれる。

しかし、今日は違った。

「桜、落ち着いて、聞いてね」

お母さんの腕が震えていた。指も、足も、顔も、何もかも……震えている。

「おかあさん？」

「……さっきね、お父さんが……」

お母さんの硬い言葉は、不協和音のように桜の中に忍び込んできた。

オーディエンスの卵焼きサンドイッチ

音楽は好きだった。
白い鍵盤が音を響かせれば、体がリズムと音に満たされていく。
指が音を生み、音が空中で重なって踊るように旋律が生まれる。
桜にとって音楽は一番の薬だ。
一番の薬だった……はずなのに。
（……いち、に、さん）
桜は心の中で呟き、目の前の鍵盤に集中する。指を置いて音を思い浮かべる。
昔から暗譜は得意だった。リズムも音符も全部、頭の中にある。
「……おい、桜」
突然呼びかけられて、桜ははっと顔を上げる。
「ぼうっとしてんじゃねえよ」
声をかけてきたのは、ピアノの斜め前に立つ背の低い男子。
桜と同じ緑色の制服に身を包んでいる彼は、ヴァイオリンを肩に置きなおした。

「……夏生」

湿度が高くなると彼のくせ毛はくるりと跳ねる。それを嫌って、前髪を目にかかるほど長くしていることを、桜は知っている。

彼はその邪魔な髪を乱暴にかき上げると、桜を横目で見た。

そして彼は右手の拳で桜の手をちょん、と突く。

「いけそうか」

「うん」

「……ならいいけどさ」

吐き捨てるように彼は言い、静かにヴァイオリン弓を構えた。

彼の……夏生の持つヴァイオリンから、はらりと音がこぼれた。

はじけた。

……広がった。

その心地よい音を吸い込んで、桜もピアノに向かい合う。

(いち、にい、さん)

頭の中には音が溢れているのに、桜の指は動かない。目の前にある白い鍵盤がぐにゃりと歪んで見えて、桜は慌てて頭を振る。

(夏生の……ヴァイオリンに、ついていかなきゃ……早く)

しかし、焦れば焦るほどに、音に置いていかれるのだ。

（……早く）

音が、音楽が……桜を置いて遠ざかっていく。頭の中が白くなり指先が震えた。

「桜ちゃん！　頑張れ！」

「あんた、邪魔しないの」

椅子に座ったおじいさんが声を上げると、隣の女性が肘でおじいさんをつつく。

ピアノの向こうに広がるのは、桜の見慣れた風景だ。丸テーブルが四つ、奥には一枚板のカウンターテーブル。

そこには年輩の観客が複数人、息を詰めて二人を見つめている。

いずれもここ、音楽喫茶カルテットキッチンの常連客である。


桜が音楽高校に入学したのはこの春のこと。

憧れの音高生となって、まだ二週間。

（まだ入学してすぐなのに）

ちらりと横を見れば、ヴァイオリンを悠々と弾く夏生の横顔が目に入った。

細い顎に汗が一滴、流れていた。無表情のくせに頬は明るい。楽しくて仕方がないという空気が全身から溢れている。

（……羨ましい）

真っ白な鍵盤を見つめて、桜は唇を噛み締めた。

……入学したばかりだというのに、桜は人前でピアノを弾けなくなっていた。

「……」

桜は白い鍵盤をそっと撫でる。

同時に夏生のヴァイオリンも最後の一音を弾き終える。

桜はピアノの鍵盤に蓋をして立ち上がると、観客に向けて頭を下げた。

「ごめんなさい、やっぱり緊張して……」

へらっと笑って、桜はおバカなふりをする。

笑ってごまかすのが得意になったのは、いつの頃からだろう。

笑顔を浮かべても喉の奥が焼けるように痛い。鼻の奥がつん、と音をたてる。泣きそうだ、と桜は爪で手のひらを強く押し続けた。

「弾けなかった……か……ら」

「すみません」

桜の声を塞ぐように、喫茶店の入り口が開いたのは、その時だった。

「今いいですか？」

扉の隙間から、一人の男性が店内を覗き込む。

まるで、心地よい風が吹いた……そんな気がする。

「あっ　い、らっしゃいませ……！」

桜はぴんと背筋を伸ばすと、放り出していたエプロンを掴む。それを腰に巻き付けて、舞台から飛び降りた。

店の中央の壁沿い。そこはほんの少しだけ高く作られていて、ピアノと譜面台が置かれている。つまりここは小さなステージとなっているのだ。

「桜っ！　転《こ》けても知らねえぞ！」

夏生の鋭い声を無視して、桜は大急ぎで客の前に飛び出す。

「おまたせしました！」

店の入り口に立っていたのは……まだ若い色白の男性。

桜は思わず足を止め、唇を噛み締める。

桜は人見知りだ。初めての……それも男性相手だと緊張を隠せない。人見知りを直すため、喫茶店のアルバイトに志願した。

おかげで最近はお年寄り相手なら、堂々と話ができる。

しかし、今回は別だ。

音の余韻が残る室内に滑り込むように現れたその人は……驚くほど綺麗な顔をしていた。

「い、いらっしゃいませ……あのお一人様……ですか……おタバコは……あ、すみません、たしか半年前からここ、完全禁煙になったって……えっと」

桜の前に立つその人は、背が高い。すらりと細く、足も冗談みたいに長い。まるでモデルのような立ち姿。

気がつけば、他のお客も皆が興味津々に新しいお客さんを見つめていた。

もともとお年寄りばかりで、面白いことに飢えている。だから皆、視線に遠慮がない。

「桜ちゃん、ボーイフレンドかい」

「ちが……ちがいます！」

常連の調子のいい声に、桜の顔が熱くなった。

そんなはずがない、そんなわけがない。こんな綺麗な人、知り合いでもなんでもない。

（……かっこ……いいな……）

桜はぱちくりと、目を丸めてその男を見上げた。学校で人気のチェロ専攻の男子だって、こんなに整った顔をしていない。

しかし、これは例えるなら『無音』の美しさだ。彼の表情筋は凝り固まっていて、黒い目だけが冷え冷えと桜を見つめている。

桜の目前に立ったその人は、明らかに作り物めいた微笑みを浮かべた。

そして彼は、ポケットから一枚の白い封筒を取り出して桜に差し出す。

「……大島燕《おおしまつばめ》です。バイトの面接に」

その次の瞬間、桜の喉から「てんちょお」と言う綺麗なソプラノが溢れた。

「はいはーい」

どたばたと、激しい音をたてて壁が揺れる。

店の奥には居住空間でもある二階につながる階段がある。この音は、そこを勢いよく駆け下りる騒音だ。

メタボ気味の店長が階段を駆け下りてくると、そんな音がする。店長の背は低くお腹が前に出ていた。さらに、ひげを蓄えたその顔は熊そっくりだった。

でも、大きな眼鏡をかけた目元はおどけていて、憎めない。

店長は、ヨレヨレの寝間着姿のまま、ひょいっと店を覗き込む。

「桜ちゃーん、呼んだ？」

「店長、バイト、バイト。バイトの面接！　あっ店長、服、お客さんいるから……っ」

桜が叫べば、店長はぽかんと、男を……燕と名乗ったその彼を見上げた。

そしてあっけらかんと笑うのだ。

「あ、そうだった。キッチンのバイトで電話をくれた……君が大島……燕君？」

「はい」

「美大の？」

「そうです」

燕は何を見ても動じない。彼の返事は必要最低限だ。ひんやりと落ち着いた声だった。

「……えーっと。何年生だったたっけ？」

店長はのんびりとエプロンを手に取りながら燕に尋ねる。

エプロンを着けて自慢のひげを撫でつけると、ちゃんと喫茶店のオーナーに見えるのが不思議だった。

「四年です」

「就活とか……卒論……美大なら卒業制作もあるんだっけ、そっちは大丈夫？」

「まあ……」

燕の声には抑揚もなければ、緊張の響きもない。

「大丈夫です」

「ふむ……」

気がつけば店にいる全員が燕を見つめている。

見られることに慣れているのか、それとも気にしていないのか。燕はまっすぐに立ったまま。平然と店長を見つめている。

「バイトの経験は？」

「初めてです」

「へー。うちが初めてか。緊張するなあ。まあ椅子にでも座って」

背の高いカウンターチェアに腰を下ろしても、燕なら余裕で足が床に届く。そのまっすぐな脚を桜はぽかんと見つめていた。

「料理の経験は？」

「家では料理担当なので、それなりに……あの……バイト、難しいでしょうか」

「いや、そんなことはないんだ。そうじゃなくってさあ……えーっと」

穴が空くほど燕を見つめていた店長だが、やがて意を決するように燕の手を力強く握りしめた。

「君、ホールでバイトする気ない？」

「……キッチンを希望してますが……？」

燕は訝しげに首を傾げ、自然な動作で店長の手を振りほどく。

「キッチンバイト、もう他に決まってしまいましたか？」

「いや、かっこいいからさあ、君」

「ちょっと、日向《ひゅうが》君、失礼だよ！」

店長を叱りつけたのはお腹の大きな一人の女性。彼女は二階から降りてくるなり、店長の横にすとんと収まった。

「ほんっと、失礼な人でごめんね。今さ、見ての通りあたしのお腹、こうでしょ？　キッチンできる人を探してたのね。それで、面接なんて久しぶりだからさ」

彼女はお腹を撫でながら燕を見上げる……そして。

「店長も……浮かれちゃ……って……」

彼女は、驚くように目を丸めた。

「日向君！　決めた！　この子、ホール担当！」

「みゆきさん！」

桜は思わず声を上げる。

みゆきは店長の妻であり、夏生の母であり、そしてカルテットキッチンの料理人。

まもなく八ヶ月という彼女のお腹は丸く大きく膨らんでいた。

「じょーだん、じょーだん」

彼女は冗談とは思えない顔で言って、お腹を抱えたまま燕に向かい合う。

「ホールもお願いしたいくらいだけど、今一番欲しいのは料理を作れる人なの。それも、腕のいい人をね。面接に来たってことは……君、腕に自信あるんだよね」

みゆきは店内をぐるりと見渡し、燕に向かってウインクをしてみせる。中央にあるピアノが一番目立つが、奥にあるキッチンもなかなかのものだった。

「このお店さ、音楽喫茶だけど料理も自慢なんだ。メニューも多いし、客から頼まれたらご期待に沿うこと。だから食材も道具も一通り揃ってるし……」

大きな冷蔵庫に、機能的なコンロ、レンジ、オーブン、氷だって余裕で砕く海外産の大きなミキサー。ここには何だって揃っている。

コーヒーは店長の仕事だが、食べるものに関してはみゆきが作る。みゆきの料理の腕はピカイチで、それはお腹が大きくなった今も変わらない。

綺麗な音楽と美味しい食事、こだわりのコーヒー。

それが『カルテットキッチン』の人気の秘密でもあった。

……しかしみゆきの負担を考えて、腕のいいキッチンスタッフをしばらく雇うという「産休」制度を店長が考え出したのだ。

「……ねえ。君って、臨機応変に料理、できる？」

みゆきは瞬きもせずに、燕をじっと見つめる。大きな目の奥がきらきらと輝いている。

みゆきは物怖じしない、初めての人相手でも動じない。

「たぶん」

そして燕もみゆきの言葉に動じることなく、その目を見つめ返した。

「……特殊な料理でなければ、ある程度は」

「名案思いついちゃった。ねえ、みゆきちゃん。こうするのはどうだろ」

店長がぽん。と手を打つ。

「今から大島君に料理を作ってもらう。そして、それをみんなで食べてジャッジする。美味しければキッチン担当、失敗したらホール担当！……って、この案どうかなあ？」

「日向君、お腹空いてるだけじゃない？」

「試験、試験。仕方なくだって」

みゆきが呆れ、店内が湧く。それを見た桜は思わず苦笑した。

皆、面白いことと美味しいものに飢えている。

「ま、いっか……じゃ、決まり。そうねえ……その間、音がないもの寂しいし……夏生」

みゆきが手を打ち鳴らしてステージを見た。

ヴァイオリンを手にした夏生は、静かにふてくされている。

「ピアノ弾いて。あんたピアノ苦手だからって、練習してないでしょ」

みゆきは微笑んで……しかし有無を言わせぬ勢いで、夏生に命じる。

長い前髪を邪魔そうにかき乱しながら、夏生はみゆきをにらんだ。

「おふくろ、俺ら、もうレッスン」

「レッスンまであと一時間半もあるでしょ。桜ちゃんは声楽の練習ね」

みゆきは素早く動いてステージ前に陣取る。常連客も楽しそうにみゆきの周りを固めた。

「プッチーニの、私のお父さん……だったっけ今度の発表会でやる、ピアノの課題曲。母さん、それが聴きたいなー」

わざとらしい間延びした声に、桜は思わず苦笑いをした。夏生が苛立つようにピアノを乱雑に弾き始める。

夏生のピアノは荒々しいくせに、音が澄んでいる。

煽るような伴奏に押されて、桜は再びステージの上へ。

先ほどまで感じていた屈辱や悲しさは、この騒ぎの中で少しだけ薄れていた。

みゆきが試験官のように、腕時計をとんとん、と叩く。

「料理も音楽も、試験時間は三十分ね。はい、スタート」

不承不承な夏生のピアノの音と、桜のソプラノ、そして燕がコンロを点けた音が同時に重なった。


「できました」

燕が淡々と声をかけてきたのは、きっかり三十分後。

オペラから最近の曲まで、リクエストのまま歌い続けた桜はぐったりと壁に肩を押し付ける。まるで体の中いっぱいに音が暴れているようだった。

夏生が、そんな桜を覗き込む。

「おい、平気か」

「だ……大丈夫……喉ひりひりするけど」

燕の一声に救われた、そんな感じだ。

夏生も苦手なピアノを散々弾かされたせいで、どこか疲れた顔をしていた。

「わお」

店長の明るい声に、桜ははっと顔を上げる。

気がつけば、店長もみゆきも常連客も、カウンターから身を乗り出すようにキッチンを覗き込んでいた。

そこには燕が立っていて、両手には大きな皿。湯気がふわりと上がる。それは美味しそうな……。

「卵のサンドイッチ……と、これはトマトの……」

「スープですね」

燕が手にする大きな皿には、大量のサンドイッチが綺麗に盛り付けられていて、コンロにかけられた鍋には赤いスープが揺れていた。

真っ白で柔らかい食パンは耳が落とされ、分厚く巻かれた卵焼きが挟まっている。ぷるん、とみずみずしく柔らかそうな卵焼きだ。

赤と黄色で、キッチンは明るく染まる。まるで目が覚めるような、そんな色だった。

みゆきはまるで芸術作品を眺めるように、料理をじっくり見つめる。

「厚焼き卵のサンドイッチ……味は？　塩？」

「コンソメと、胡椒……それに少しだけ砂糖」

卵焼きの断面はつやつやと光り、今にもパンから溢れ落ちそうだ。とろりと光る輝きが食欲をそそる。

「どうしてこのメニューにしようと思ったの？　材料は他にもいっぱいあったのに」

みゆきの質問に、燕は少し考えるように目を細くする。それが癖なのか、顎をとん、と指先で叩いた。

「……さっき、歌ってた曲が」

そしてその細い目が、桜を見る。桜は慌てて顔を俯けた。

演奏中はちらりともこちらを見なかった燕だが、しっかりと歌は聞いていたのだ。

「音楽は詳しくないですが、明るい感じがしたので、そのイメージで」

燕の言葉を聞いて、みゆきは満面の笑みを浮かべた。

「大正解。さっきこの子たちが披露した曲、上品な曲に聞こえるけど、実は喜劇の曲なの」

先ほどまで歌っていた曲を、桜は口の中で繰り返す……プッチーニ、『私のお父さん』。

しっとりとした曲に似合わず、それは娘から父親に向けられた半ば甘え、半ば脅しの「お願い」の歌だ。初めて和訳を読んだ時、桜は純粋に羨ましく思った。

桜には、そんな風に甘えられる父がもういない。

桜は医者である母だけに、育てられた。

「そうですか」

みゆきに褒められても燕は相変わらずの無表情だ。しかし彼が作った料理は彼の言葉以上の色鮮やかさで輝いて見えた。

「みゆきちゃん、ゴタクはいいからさ、食べてみようよ」

小さめにカットされたサンドイッチを、店長が配って歩く。桜も一つ、手にとった。

とろけるように柔らかいパンに挟まれた、ふわふわの厚い卵焼き。卵焼きに塗られた赤いケチャップの奥には、真っ黄色のマスタード。そして、とろりと甘いトマトのスープ。

先ほどまで歌っていた音楽が、料理になって現れた。そんな気がする。

「さすが美大生。色が綺麗」

みゆきは感心したように呟くが、皆が興味を持っているのは味のほうだ。

皆、色を見るより先にかぶりついている。桜も急いで一口食べて、目を丸くした。

「美味しい……です！」

厚焼き卵は、見た目通り柔らかい。崩れるか崩れないかのギリギリの柔らかさだ。

そっとかじれば、口の中に温かい卵がとろとろと流れ込んでくる。歌い疲れて掠れた喉に優しい甘さだ。

サンドイッチを食べた後には、少しだけぬるめのトマトのスープ。上にはパンの耳をカリカリに炒めたものがのっている。酸っぱそうに見えるのに不思議と甘い。トマトの青い酸味はバターの柔らかい香りにすっかりかき消されていた。

スープを一口すすってみゆきが絶賛した。

「大島君、このスープ美味しい！　パンの耳がいいアクセントで」

とろとろのスープはポタージュのよう。スープの上にのせられたのは、バターがたっぷり染み込んだパンの耳。噛み締めると、香ばしくて心地いい。

トマト嫌いの夏生も気がつけば夢中で食べている。

「パンの耳が余ったので」

美味しそうに食べる人々を見ても、燕の声は相変わらず淡々としていた。しかし、その目の奥は先ほどよりも少し優しい。

桜はサンドイッチを噛み締めたまま、燕の奥ゆかしい微笑みに目を奪われていた。

……彼は、人を喜ばすために料理を作っている。

「ところで……大島君、どうしてキッチンのバイトなんて希望したの？」

「……家で作る料理の幅を広げてみようかと」

みゆきが尋ねれば、燕は微笑みを引っ込め、淡々と答える。

それを見たみゆきは、満足そうに頷くと、

「素直でいい子ね。じゃあ合否は、追って連絡します」

と、彼の履歴書をぽん、と撫でた。


燕はみゆきの言葉を聞くなり、あっさりと席を立った。

常連客は燕に興味津々だ。しかし燕は自然な動作でそれを無視する。

そして、現れた時と同じくらいあっさりと、彼は店を出て行った。

そんな彼に、名刺を渡し忘れた。と店長が言い出したのは、数分後のこと。

それを聞いた桜は、店長の名刺を持って店の外に飛び出していた。

この店は他より少しくぼんだ場所にあり、広い道に出るためには桜並木の続く一本道を進むしかない。

桜はその道を走りながらまっすぐ前を見る……今年は開花が遅かったため、並木には桜の花がまだ少しだけ残っている。

名残りの白い花びらが舞い散るその向こう側。そこに燕の背中が見えた。

今日は風の強い日だ。春に吹く風の音は、どの季節よりも明るく聞こえる。賑わう春の空気の中、やはり燕の背だけが物静かだった。

「あ……あの、すみません！」

飛ぶように道を駆けると、やがて燕に追いついた。

「あ……の、あの、あの！」

何と名前を呼べばいいのか。戸惑う桜の声に、燕は素直に振り返る。

四月も中頃だというのに、空気はまだ少しだけ冷たい。

そんな春の風の中、桜は燕と向かい合う。

「て……店長の名刺……です。渡し忘れたって……」

「ああ……ありがとう」

追いついて、名刺を差し出すと彼はまじまじと桜を見つめた。綺麗な形の眉が、訝しげに寄る。

「えっと……店の……バイトの子……だったっけ？」

「バイトというか。えっと、幼馴染の家……で。時々お手伝いしたり、あそこでレッスンさせてもらったり……」

燕に真正面から見つめられ、桜は耳まで赤くなる。そもそも、桜は奥手だ。男の子とはうまく話もできない……幼馴染の夏生以外は。

自分から追いかけたくせに、桜は急に恥ずかしくなって数歩下がる。

「あ……の……料理、すごく美味しくて……すごいなって。お礼を……言いたくて」

桜の中に先ほどの味がじんわりと浮かび上がってくるのだ。彼の料理は不思議と思い出に残る味だった。

「どこかで習ったんですか？」

思い切ってそう尋ねると彼は一瞬だけ目を曇らせたが、首を振ってそれを押し隠した。

「別に。食事係だから、必要に迫られて」

「わ……私、全然料理できなくて」

桜の料理はひどい、と夏生に言われたことがある。

忙しい母に代わってずっと料理担当だったはずなのに、どうにもうまく作れない。

そんな桜からすれば、燕はまるで魔法でも使っているようにみえた。

「目玉焼きも焦がすし、ご飯もべちゃべちゃになるし、それに味付けも……」

桜の頭の中、無残な姿になった食べ物たちが浮かんでは消える。

真っ黒に焦げた目玉焼き、糊のようになったお粥、水みたいなお味噌汁。

得意料理は、二つだけ。

「クッキーとココアは得意で……でもそれだけで」

「……そう」

燕が誰かを思い浮かべるように、薄く微笑んだ。

彼の髪が風に遊び、肌に影を落とす。肌の色が白いので、落ちた影さえ濃く見えた。見てはいけないものを見てしまったようで、桜がどぎまぎと目をそらす。

「俺はもっと料理ができない人を知ってるから、それくらいなら」

「おい、桜」

燕の声と重なるように、夏生の苛立つ声が響く。

振り返ると、店から駆けてきたと思われる夏生が桜をにらみつけていた。

「時間！　レッスン！」

腕時計を指差す夏生をみて、桜は予定を思い出す。今日はピアノのレッスンだ。

「……あー……うん」

夏生の声を聞くと、楽しかった桜の気持ちがしおれていく。

……きっと、今日も弾くことができないまま、レッスンが終わる。そんな予感がする。

「呼び止めちゃってごめんなさい。お……大島さん」

「燕でいいけど……君は……」

「境川です。境川《さかいがわ》桜。こっちは……幼馴染の、日向夏生」

「おい、桜、もう行くぞ」

夏生はポケットに手をつっ込んだまま、叫ぶ。背は昔と変わらず小さく細く、制服だってぶかぶかだ。しかし、幼い頃に比べて口調と顔だけが険しくなった。

小学校の時はかわいかったのに。と、桜はかつてを思い出して少し寂しくなる。

小学校の時の彼は、泣きべそをかきながら桜の後を追ってくるくらい、泣き虫な男の子だったはずなのに。

「幼馴染？」

「はい。店長とみゆきさん、それに私のお母さ……母が友達同士なんです。みゆきさんと店長、それに私の両親の四人で昔楽団を……」

「ああ。だから……店の名前がカルテット」

燕の言葉に、桜は小さく頷く。

カルテット、四重奏。この名前を店に託したのはみゆきだと聞いたことがある。

みゆきと店長夫婦、そして桜の両親。彼らがカルテットの楽団を組んだのは、高校生の頃である。

みゆきはヴァイオリン、店長はチェロ、桜の両親はどちらもピアノ。

ピアノが二台あるなんて正式なカルテットではない。

しかし、好きな楽器を絶対に譲らない二人のために、変則的なカルテットが仕上がった。

どんな四人組だったのだろう、と桜は時々考える。きっと騒々しいくらい明るい、そんな音が似合うカルテットだったに違いない。

「じゃあ、あの店長も音楽を？」

燕は店長の顔を思い出したのか、不思議そうに首を傾げる。

あわてんぼうで賑やかな店長だが、チェロを手にすると一気に表情が変わる。かつて有名な楽団にスカウトされたが店の経営を理由に断った、と聞いたことがある。

「……今でもボランティアの楽団に出たり、してます。すごく上手で……」

桜は春の空をぼんやりと眺めながら考える。

きっと彼らは桜の年の……ちょうど今くらいの季節に出会ったのだろう。

「さくら……と、なつお」

桜と夏生を順番に見つめながら、燕が言う。

「で、いい？」

「呼び捨てかよ」

燕が呟いた瞬間、夏生の眉がぐっと上がった。しかしその声を聞いても、燕は涼しげな顔のまま。

「人の名前を呼ぶことに慣れてないから」

彼は桜から受け取った名刺を指に挟んで左右に振りながら、あっさりと背を向ける。

「桜、夏生、バイト、受かったらよろしく」

「は、はい」

「あと……料理が作れる理由だけど」

燕が足を止め、振り返りもせずに言った。

「食べさせたい人がいるから、だと思う」

軽く手を振り、燕が去っていく。

その白い後ろ姿を、桜はいつまでも見つめていた。

闇色の黒ごまポタージュ

『音楽』を描くとするなら、一体どんな色が似合うのだろう。

音楽は耳で聞くものだ。それを絵になどできるはずもない。

燕がそんなことを考えてしまったのは音楽が聞こえてきたせいだ。

それは、叩きつけるように激しいピアノの音。

高音が跳ね、その音が終わる前に次々とメロディが重なっていく。

(……色を重ねるみたいだ)

燕は水彩画を思い浮かべながら、そう考えた。

目の前にあるのは木の扉。細長い看板には『カルテットキッチン』と刻まれた銀のプレートが輝いている。

さらにその下には『音楽喫茶』のレトロな文字が古びて鼠色に光っていた。

扉の上には琥珀色に輝くステンドグラスの小さな窓。ステンドグラスは掠れた色合いの花がモチーフ。どこかレトロで古い木の扉によく似合っていた。

そんな扉の隙間から、音楽は今も漏れ続けている。

燕は普段、あまり音楽を聴かない。コンサートに行ったこともない。だからタイトルなど、分かるはずもない。

そんな燕が聞いても分かるほど、今聞こえてくるピアノは上手だった。

激しく音の重なるその曲は、夜を感じさせる旋律である。

この音を拾って色で染め上げ、一枚の絵にすることのできる人間を燕は世界で一人だけ知っている。

（この音に……色を着けるなら……）

扉を肩で押しながら、燕は目を閉じる。

（この音は……上品な……黒色かな）


店のちょうど中央に作られた、小さなステージ。

そこに置かれたピアノから音が溢れてくる。

しかし、燕が店に足を踏み入れた瞬間、ピアノの前に座っていた桜が小さな悲鳴を噛み殺して指を止めた。

先ほどまで響いていた音は、あっという間に霧散する。

「あっ……燕さん。お……おつかれさまです！」

ピアノの前に座っていたのは、長い髪を一つ結びにした少女……ここ、カルテットキッチンのバイトでもある、桜だ。

彼女はこの近くにある音楽高校、その制服を身につけている。

翡翠色のジャケット、赤と緑のタータンチェックのスカートに同じ色のリボン。

冬になるとこれに、もっと深い緑色のコートが加わる。なぜ燕がこれほど高校生の制服に詳しいかといえば、同居人がこの制服の色を気に入り、話題にしたことがあったからだ。

「邪魔した？」

「とんでもないです！　ち、ちょうど……きゅう……休憩しよう……って思ってて……」

桜は両手足をピンと伸ばしたまま席を立つ。腕があたって楽譜が散らばり、彼女は真っ赤な顔でそれをかき集める。

「気にしないでください！」

動揺したのか、指先が鍵盤に触れて名残のような音をたてた。

かち、かち、かち。と、メトロノームの音だけが虚しく響いている。それを色に例えるとするなら、青だ。

（海の音に……似てるな）

以前見た海の色を思い出しながら燕は思う。

寄せては返す海の音が、メトロノームの単調な音に似ている。

……そうだ、これは海の青だ。

燕は引き寄せられるようにピアノの横に立つ。ピアノは、古いが立派なもので、光沢のある黒色が美しい。

「俺は楽器なんか触ったこともないから」

白い鍵盤をそっと撫でて、燕は桜を見る。女子高生という存在は燕にとって異質すぎて、何を喋ればいいのか見当もつかない。

間を持て余し、燕は鍵盤をそっと押す。思ったより、軽い音が響いた。

「弾けるの、すごいな」

二人の間にメトロノームの青い響きだけが広がる。それを打ち破ったのは、桜の裏返るような声である。

「え……あ、の……えっと、ちょっと、二階……いきます……！」

燕の脇をすり抜けて、桜は店の奥にある階段を駆け上がっていく。その背中を見つめて、燕はため息をついた。

バイトに入って二週間目だというのに、いまだ、彼女の緊張は解けない。

「……今日、店休みだけど」

桜と入れ替わりで声をかけてきたのは夏生である。

桜と同じ色彩のズボンを穿いた彼は、ここカルテットキッチンのオーナー夫婦の一人息子。桜とは幼馴染。

……そして、燕を嫌っている。

燕の知っている情報は、それだけだ。

「おふくろの定期検診で店は休み。連絡いってない？」

燕と目があった瞬間、少しだけ夏生の顔がゆがむのだ。

それは燕のことを嫌っている証。面接を受けた日から、燕はこの夏生に嫌われていた。

しかし同性から嫌われることに慣れている燕にとって、夏生の態度はさほど珍しいものではない。

「ああ、スマホ、家に忘れてきたから」

燕はカウンターに置かれた小さなメモに目を走らせた。

……レッスン前の二人のおやつ、お願いね。

と、みゆきの大きな文字がそこにある。

まもなく臨月という彼女は、妊婦と思えないほどに元気がいい。

燕がこのカルテットキッチンの採用電話を受けたのは、面接を受けて十分後のことだった。それからは週に三日程度キッチンに立っている。

カルテットキッチンの自慢はコーヒーと料理。それだけではない。カウンターの内側にはまるでアンティークのようなレコードに、古いCDが山積みとなっていて、合わせれば何百枚にもなる。

壁の棚には「音がいい」という理由だけでアナログなラジオが置かれ、店内中央にはステージとピアノを設置。

こんな小さな店なのに、音楽愛好家の常連客は多い。おかげで、暇を感じる時間がないくらい忙しい。

「子供、いつ生まれるんだっけ？」

燕は手持ち無沙汰に店を見渡す……店が休みの日に来たのは初めてのこと。静かな店は、妙に落ち着かない。

「知らねえ」

つん。と夏生は顔をそらし、乱雑にピアノを弾き始めた。彼の奏でる音は桜よりももっと分かりやすい。

つまり、燕への『拒絶』だ。

「やることないならさ、帰れば？」

尖った声で夏生は吐き捨てると、またピアノをかき鳴らす。その音を聞きながら、燕は小さくため息をついた。

「食事を作ったら帰るさ」

キッチンに入ろうとした燕は、壁に貼られた一枚の写真の前で足を止める。

少し黄色がかったその写真には、四人の高校生が写っていた。

演奏後の写真だろう。それぞれ楽器を前に、カメラに向かって笑いかけている。しかしそのうち一人の男だけが横向きで、その表情はよく分からない。

(高校生……か)

何日か働くうちに燕にもこの店における人間関係が見えてきた。

写真に写るこの四人……店長夫婦と桜の両親……が出会ったのは高校の吹奏楽部。部活と反りの合わなかった彼らは揃って退部し、勝手にカルテット同好会を立ち上げた。

彼らの活動は、音楽室に忍び込んでの演奏会。そして文化祭でのゲリラ公演。

吹奏楽部よりずっとずっと上手だった、とみゆきは自慢げに語っていた。

卒業後は音大、医大とそれぞれの道に進んだが、友情は続いた。

やがてみゆきと店長、桜の両親が結ばれ、数ヶ月違いで子供が誕生。

……しかし数年後に桜の父が逝去し、彼らのカルテットは永遠に終結してしまう。

(若いのに……)

燕は写真の男をじっと見つめた。桜の父は色が白い。腕も病的に細かった。

病気がちだったという桜の父は、病気が悪化して高校を中退し何度も入退院を繰り返していた……と、みゆきは寂しそうに語っていた。

もともと体の強い男ではなかったのだ。

「これ、おもちゃのピアノ?」

そんな写真の下には、小さなピアノが鎮座していた。

それはピアノのおもちゃだ。鍵盤に触れると、こん、と軽い音がする。

古いおもちゃだが、塗られているのは鮮やかな色彩。まるでパレードのような鮮やかな色彩がピアノ全体を包み込んでいる。

大きな筆で塗りたくったようなその色を、燕はどこかで見たことがある気がした。

「……さわんな」

しかしその音を聞きつけた夏生がピアノと燕の間に割って入った。

「それ、桜のだから」

夏生の背は燕より頭一個分以上低く、肩も華奢すぎる。しかし、手だけは驚くほど大きいのだ。

それは楽器を奏でる手である。細いくせに力強い。

彼はその手でピアノを抱きかかえ、わざとらしくカウンターの上に置きなおす。

「……それと……あ……あんまり、さ……桜に……なれなれしくするな」

「夏生、閉店の看板出しておくね。それとお母さんから連絡があって、今日家に帰ってくるみたいだから、私もう帰るけど……」

蚊の泣くような夏生の声と、階段を下ってくる音が同時に響く。

夏生は反射的に唇を手で押さえ、目を白黒させた。

やはり、幼い。と、燕は心の中で笑った。

他人の感情に疎い燕でも分かる。これは高校生の、淡く甘酸っぱい感情だ。

このような高校時代と無縁の燕にとって、緑の制服をまとう二人は、遠い世界の住人のようだった。

「夏生？」

しかも桜は何一つ気が付いていない。燕は呆れ顔で、桜を見つめるが彼女は眩しそうに目を細めただけだった。

「あ、の……燕さん、さっきはすみませんでした……驚いちゃって……」

桜は遠慮がちに、燕を見上げて言う。緊張しているのか、頬が少し上気していた。名前の通り、綺麗な桜色だ。

桜は色の白い大人しい女子高生だ。話をする時も、自信なげに口を開く。

そして彼女は今、ピアノが弾けない。

正確には「人の前では弾けない」だ。彼女が弾けるのは、夏生の前か一人きりの時だけ。

そうみゆきから打ち明けられたのはバイト初日のことだった。

桜は常連客の前でピアノを披露しようとしては弾けずに終わる、その繰り返し。そのつど彼女の顔色は悪くなり、自信が失われていく。

良くない兆候だ。と燕は思う。

なぜ分かるのか……それは過去、燕も似た経験をしたからである。

燕も昔、絵を描くことができなくなったことがある。

今でこそ絵を取り戻したものの、その時の恐怖は忘れられるものではないし、いまだに夜中にうなされることもある。

桜の抱いている恐怖はきっと、燕のそれによく似ている。

だというのに、桜はその傷を愛想笑いで隠している……そんな気がする。

「ピアノここに移動したの？」

燕の視線の先、おもちゃのピアノを見つけて桜は苦笑した。

その小さな指がおもちゃの鍵盤を叩けば、なめらかな音が響く。

「ずっと小さなときから家にあったんです。お父さんの宝物で……」

少しだけ切ない顔をして、桜が呟いた。

「でも私がわがまま言って、もらったんです。クリスマスプレゼントに……」

「桜っ、俺のピアノの練習付き合うって言った！」

「もう、うるさいんだから！」

桜の言葉をかき消すように夏生がイライラとピアノをかき鳴らす。と、桜は唇を尖らせて夏生にエプロンを投げつけた。こんな時は、普通の女子高生に見えた。

「じゃあ、俺はその間に軽い食事を作っておくから」

「適当に食べるから放っておいてよ」

「みゆきさんからの命令」

みゆきの残したメモを見せびらかして、燕は言う。みゆきの名を出せば、夏生は悔しそうに口を閉じた。

(夕食までの数時間、もたせるだけの軽い食事か……)

冷蔵庫を開ければ、そこにはいくつかの食材が用意されている。メニューが豊富だとみゆきが自慢したとおり、この店のメニューは多く、食材も多い。

そのせいで、賞味期限に追われるように料理をし続けなければならない。

冷蔵庫の中、数個の瓶に『開封済み。早く使うこと』『優先!』などと書かれた付箋が揺れている。

(この家も食材が豊富だな……)

と、燕はあきれたように瓶を手にとって眺めた。

「あ……の、なにか手伝いましょうか?」

桜が遠慮がちに、燕の手元を覗き込みながら言った。

「料理、興味ある?」

燕がふと、尋ねれば桜は頬を赤くする。

「……うまい人の……見てたら……作れるようになるかなって……」

「桜、練習! 弾くから時間、みてて!」

しかし、そんな桜を夏生がせかす。殴りつけるような旋律が流れ始めた。

それを聞いて、桜は困ったように眉を寄せる。

「ごめんなさい、やっぱり行かなきゃ……」

桜は音に耳を傾けて、目を閉じた。

夏生が弾いているのは、先ほど桜が弾いていた曲と同じだ。高音が跳ねて、音が終わる前にメロディが追いかける。

しかし同じ曲でも、夏生が弾くのでは雰囲気が異なる。

夏生のほうがピアノの弾き方は荒削りだ。

「これ……ラ・カンパネラ、っていう曲です」

桜は頭を下げて、夏生のもとへ駆けていく。桜の足音に重なる音はやはり夜の闇がよく似合う、そんな旋律である。

「できたから、手が空いたほうから食べて」

燕がカウンターにスープカップをおいたのは、それからしばらく後のこと。

夏生は何回か曲を奏で、桜はストップウォッチを持ち、夏生に指示を出していた。穏やかな風景で、まるで一枚の絵のようにも見える。

「……あったかいうちに」

窓の外は、ゆっくりと夕日の色が広がりつつあった。窓の隙間から、春に似合わない冷たい風が滑り込む。

最近は、日が長くなった。春も終わろうとしている。

しかし、それでも夕刻からは少し冷えることもある。春特有の寂しい寒さである。

呼びかければ、桜は少し戸惑うようにカウンターに向かってくる。

夏生はポケットに手を突っ込んだまま、ゆっくりステージを降りた。

「……わ。すごい、真っ黒!」

「黒ごまのポタージュだけど、ごまは平気だった?」

スープカップを覗き込んだ桜がぱっと顔を輝かせる。

燕が差し出したのは、黒ごまのペーストを使ったポタージュスープだ。

細かく刻んだタマネギをバターで炒め、『早く使うこと』付箋の貼ってあった黒ごまペーストをたっぷりとその中へ。

さらにこれを賞味期限の迫っていた豆乳でのばし、みゆき特製のコンソメスープで味を調えれば完成だ。

とろりとしたごまの風味に、豆乳の甘さ。強めのコンソメがよく似合う。

どろりと黒くて重いポタージュに、金ごまを少々。そしてよく焼いたトーストを添えた。

完成したのはまるで春の夜空のような色だ。ラ・カンパネラという曲の意味は分からないが、この色にぴったりだ、と燕は思う。

夏生の弾くその曲は、桜の時よりもう少し賑やかな夜のイメージ。漆黒ではなく、青の混じったグレー……街の灯りが映り込んだ、空の色。

燕は無意識に、そんなことを考える。

「あ……美味しい……夏生も、ほら！」

一口すすって、桜が幸せそうに目を細める。

ふてくされ、顔を背けていた夏生は渋々といった体でスープをすする。

彼が無言で二口目に進んだのは、美味しい。の証拠である。

どろりとしたスープに、カリカリのトースト。トーストは、ポタージュの熱気にも負けないほどしっかり焼いたので、音が心地よく響く。

食欲旺盛な二人を見て、燕はもう一人の食欲旺盛な人を思い出す。

気づけば夕刻。燕の同居人はさぞかし、腹を空かせているに違いない。

「……じゃあ、俺はもう帰るから。店長によろしく」

まるで見えない手にせっつかれるように、燕は急いで店をあとにした。


初夏の香りが、燕の鼻をくすぐる。

顔を上げれば、側道に桜の木があった。四月の終わりとなれば、花は跡形もなく散ってしまった。どんよりとした曇り空の下、鬱蒼とした緑の葉だけが揺れている。

今年は、妙に曇り空や雨の多い、灰色の春だ。

桜の木を通り過ぎ、燕はまっすぐ公園を横切ってその先にある建物を見上げる。

カルテットキッチンから徒歩十分と少々。

閑静な住宅街の道沿い、そこに三階建ての小さなビルがある。一階はシャッターがおろされ、階段を上がれば二階に赤錆の出た玄関が立ちふさがる。

外壁にはツタが絡まり、階段の電気はもう何年も点いていない。

コンクリートの壁は灰色で、春の重苦しい空気の中で静かに鎮座しているように見える。

しかし玄関を開けると極彩色の風景が広がっている。

……そのことを、燕は知っている。

「ただいま戻りました」

慣れた風に階段を駆け上がり、燕は玄関の扉に手をかける。湿気た空気の中に絵の具独特の香りが広がった。

「燕くん！」

燕の声に反応したように、部屋から派手な音が聞こえる。

大きなイーゼルを倒したような、そんな音。

派手な音をたてた主は、散らかった床を器用に飛び越えて玄関に駆けてくる。

……玄関の向こうに広がるのは、リビングダイニング、そしてキッチン。

床には足の踏み場もないほどに絵の具や筆が転がっている。その中で燕を待ち受けていたのは、一人の女性。

彼女の指先は、絵の具で極彩色に彩られている。

「おかえりなさい、燕くん」

「はい。戻りました、律子《りつこ》さん」

その人は、竹林《たけばやし》律子。何十年も前、日本の画壇を騒がせた女性画家である。

今は半分引退したような形で、この巣のような家にこもっている……いや、今もまだ絵を描き続けている。

この女性と燕が出会ったのは、三年ほど前のこと。

三年前、夏の終わり。燕は絶望の淵にいた。

その時の燕といえば美大を逃げ出し、ただ流されるまま。名前も知らない女たちの家を渡り歩いていた。生きがいだった絵に絶望し、絵を恐れ、絵を捨てたのである。

そして晩夏の夕暮れ、燕は律子に声をかけられ拾われた。彼女の手によって燕は現実へと救い出されたのだ。

彼女と過ごす晩夏から早春の間に燕は息の仕方を思い出し、絵を……そして色を、取り戻した。

そして燕はそのままずるずると、彼女の家に居候を続けている。

「お腹空いたわ……燕くんの顔をみたら急にお腹が空いたの」

律子は音をたてる腹を押さえて情けなく呟く。

かつて天才と騒がれた彼女は、絵にすべての能力を持って行かれたような人である。食事が作れない、掃除ができない、買い物一つ、まともにできない。生活能力が著しく欠如している。

四十歳近く年上である律子の生活の面倒を見る代わりに、燕はこの家に暮らしている。彼女が燕のことをどう考えているのかは今も分からない。ただ二人は淡々と色彩の中で暮らしている。

だから燕が作る料理も自然と、色彩が賑やかなこととなる。

そうでなければ彼女は食事に口も付けない。

「では、夕食までにつまめるもの、すぐ用意します」

燕はエプロンを掴むとキッチンに向かった。夕日の色は先ほどより濃くなっている。

「そういえば燕くん、今日はバイトじゃなかったの？」

「店長が病院で休みだったので、バイトの子たちに食事を作って帰ってきただけです。律子さん、部屋を動き回るなら眼鏡を取ったらどうです。転けたら怪我をしますよ」

後ろをついて回る律子をみて、燕は目を細める。

彼女の顔には、まるで宝石を切り出したように美しいリーディンググラスがかけられていた。それは彼女が執筆などの仕事をする際にかけるもの。

その嫌みな輝きから燕は目をそらす。

「ああこれね。ちょっとサインをする書類仕事があって……そうそう。そんなことより燕くん、バイトは慣れてきた？」

冷蔵庫には、牛乳、牛肉、卵……この家も食材はあきれるほどにある。

「お店にかわいい女の子でもいた？」

「興味ないです」

「無愛想ねえ。ニコニコしてたら、もてそうなのに……」

「僕も、好きな人には愛想良くしてますよ」

「そうかしら？」

もったいない。と言って律子は笑う。燕の不用意な一言にも、彼女は気づかない。気づかないふりをしているのか、それとも本当に気づかないのか。

（……もう慣れた）

と、燕は律子の笑顔をさらりと流す。

律子の言動にいちいち反応していると、体がいくつあっても足りないのだ。

……自分でも信じられないことだが、燕はこの年上の天才を密かに想っている。

それが愛なのか、恋なのか、思慕なのか、ただ懐いているだけなのか。

三年近く経っても、いまだ分からないが。

ただ、愛でないとしてもこの気持ちは執着だ。妄執ともいえる。ただ、律子に提供する食事を考えている間だけ、燕は心穏やかでいられるのだ。

（簡単な食事……夕飯の邪魔にならない……）

冷凍庫を開ければ、数日前に冷凍しておいたスコーンが見えた。

店では黒を、家では白を……というわけでもないが、燕はそれをオーブンに放り込む。

「スコーンに、バタークリームと……あとはジャムを用意しましょう。軽食代わりに」

「まあ。アフタヌーンティーね。紅茶を淹れましょう。あとはクッキーとサンドイッチがあれば完璧なのだけど」

「サンドイッチはともかく、クッキーは作り方が分からないので……」

「そう、残念……じゃあ、紅茶を淹れるティーセットは特別なものを用意しましょうね。黒アゲハのポットはどうかしら。若葉色のティーポットでもいいわね。ねえ燕くん、どれがいいと思う？」

律子は踊るように棚を覗き込む。そしてうやうやしく、木箱をいくつも取り出し始める。

そこには、普段は使わない特別な食器が山のように隠されているのだ。

「律子さん、むやみに手を突っ込むと怪我をしますよ」

キッチンが使えないので、燕はコンロにヤカンをかけて椅子に腰を下ろす。

律子が食器選びに夢中になると、時間がかかるのだ。

「食器も、整理しないといけないですね」

椅子に座ったまま、燕は部屋を見渡した……二人で暮らすには、広すぎる家だった。

かつてここは……律子のビルは……大勢の教え子の通う絵画のアトリエであった。しかしそれは二十年以上前のことだ。

律子はこの家で教え子に絵を教え、そして恩師でもある男と結婚をした。しかし男はその後、自ら命を絶ち律子だけをこの世に残して消え去った。

そのショックから律子は画壇を去り、教え子は離散。

その後、何十年も、律子はたった一人、このビルで喪に服してきたのである。

かつて『律子の黄色』と呼ばれ絶賛された色を彼女自身で封印し、孤独な世界で律子は何十年も生きてきた。

(死別か……)

燕はぼんやりと、ある男の面影を思い浮かべる。黄ばんだ写真に残された横顔の男。若くして、惜しまれて死んだ俊才。

バイト先の話は折りに触れ律子に聞かせたが、桜の父のことだけは、律子に伝えていない。死という言葉が律子を刺激するのではないか、そのことが燕は恐ろしいのだ。

（……ばからしい）

燕が重苦しい気持ちを振り払ったその時、急に机の上が軽く震えた。

『燕、元気してる？』

それは朝、忘れていったスマートフォンだ。それが青く光って震えたのだ。

画面には、「田中《たなか》」の文字とメールのマークが元気よく揺れている。

『俺の卒業祝いで一緒に飯食って以来だよな。もう社会人ってさ、時間の感覚ゼロ！　年取るってこういうことかーって実感してる！』

スマートフォンが震えるたびに、文字がどんどんと積み重なっていく。燕が返事をしようがしまいがお構いなしだ。

田中とは、この文字のように元気のいい男である。

おかげで、重苦しい気持ちがゆっくりと晴れていく。

『学生っていいよな、スーツ着なくていいし』

返事をするかどうか、迷っている間にもメッセージは増え続ける。

田中は数少ない友人の一人であり、同時に燕にとって別次元の人間でもあった。

まず、燕がどのような反応を示しても、いつも笑顔だ。燕の淡々とした物言いを気にもかけない。

そのくせ、人に気を使うこともできる。

なぜ自分にそこまで構ってくれるのか、一度聞いたことがある。彼は「周りにいないタイプだから面白い」と大真面目にそう言った。燕に気を使っているのではなく本心からそう思っているのだろう。田中とはそういう男だった。

(相変わらず、元気そうだな)

燕はデジタルの文字を眺めて、笑いをこらえる。文字だけで、彼の声が聞こえてくるようだった。

彼は元々、同級生だ。しかし燕が三年前に休学、留年をしたことで彼との間は一年開き、田中は一足先に社会人になっている。

希望していた美術誌の編集部に滑り込んだ田中は、社会人になっても持ち前の明るさで乗り切っているようだった。

燕には到底真似のできないことだ。

燕は人と触れ合うことを極力避けて生きてきた。

そんな燕がバイトを始めたことは奇跡といっていい。

『前もメールしたけどさ、やっぱ燕、絵画修復師って興味ない？』

田中のメッセージがまた一通。

『確か燕、絵画修復の授業、取ってたよな？』

燕は画面に現れた修復師。という三文字をじっと見つめる。

昨年の暮れあたりにも、同じメールが届いた。その後、田中の卒業祝いで一緒に食事をした時にも同じことを言われた。

田中の知り合いが働く美術工房で働いてみないか、という誘いである。

その工房は古い絵画の修復を担っている。絵を直すだけ。と、田中は簡単に言うが、絵画の修復はそれほど単純なものではない。

過去の技法や当時の色彩、紙の素材にまで目を配って絵を復元させる専門職だ。

偶然にも、燕は修復を学ぶ講義を取っていた。しかしそれは、修復師に興味があってのことではない。講義の時間帯が、ちょうど良かったためである。

（……それと、律子さんの手伝いをするために、取っただけ）

と、燕は自分の粘着質さに呆れて小さくため息をつく。

『お前、まだ就活何もしてないんだろ？　相変わらず浮世離れしてるよなあ』

田中の無邪気な言葉が、燕の心のどこかをえぐる。

『絵が描けるやついたら紹介してほしいって、言われててさ。お前、何でも描けるし器用だしさ。まあ興味があったら連絡してよ』

燕はぼんやりと、首を振る。燕は今、何者でもないのである。

美大の四年生。だというのに、就活も……卒業制作にもなにも興味がない。

料理を褒められることも多いが、そちらもプロになれるほどの腕前ではない。ただ、バイトなどをして現実から目をそらそうとしている。

とんだモラトリアムだ。

「……」

燕は少し考え、スマートフォンに「ありがとう、もう少し考える」とだけ打ち込み、すぐに電源を切った。

「燕くん。ティーポットを出しておいたわ。悩んだけど、やっぱり白いスコーンには黒いポットかしら」

律子に呼ばれて顔を上げれば部屋はすっかり薄暗くなっていた。

オーブンからは、ゆるやかな湯気が上がっている。

溶けたバターの香りが春の温度に混じり合う。ヤカンが湯気を上げ、部屋は静かに熱を持ちつつある。

コンロの火を止めて一呼吸。キッチンに向かう瞬間、燕はやはり心穏やかになるのだ。

……たとえそれが現実逃避であったとしても。


「あら。絵を直しているの？」

ポットを抱きしめたまま、律子がふとダイニングの片隅を注視した。

「律子さん、その絵は触らないでください」

それに気づいた燕はヤカンを手にしたまま、慌てて止める。彼女はダイニングの奥に立て掛けた、一枚の絵を見つめているのである。

「それ、塗り直しているところなので」

イーゼルに置かれているのは、美しい初夏の田園風景。

風に揺れる緑の稲穂、地面の赤い焦げ茶に、空の青。かすかに遠くに雨雲がある。夏の音まで聞こえてきそうな絵。

律子の絵はかつて一世を風靡した。彼女は過去に多くの作品を作り、その絵は愛好家たちが所持している。

そんな古い作品の補修依頼がここ数ヶ月、舞い込むようになった。

しかし律子に任せるとすっかり絵を変えてしまうため、燕に託されたのだ。律子が描いた絵の塗り直しを。

「この絵も出てきたのね。懐かしいわ」

この絵も随分大事にされていたのだろう。

古い絵だが、汚れも劣化も少ない。律子の絵は希少だからこそ、大事にされる。宝物のように守られてきたこの絵を、燕は少し羨ましく思う。

「青が綺麗ね。夏の色」

律子はまるで我が子を見るような目で、見つめる。

しかし、その下絵は律子よりずっと拙い。色も、どこか若々しい。

……正確にはこの絵は、律子だけの作品ではない。

「律子さん。これ、誰かとの合作ですか？」

「教え子の絵なの。未完成だったのを、私が手を加えて完成させたのよ」

キャンバスの裏には『いつかの田園』というタイトル。そしてS・Sという署名が残っている。しかし、それだけだ。描かれた時期は分からない。

おそらく、描いた教え子というのは若かったのだろう。筆に勢いがあり、色彩も大胆だ。そこに律子が、手を加えた。そのせいで、若々しい線に洗練された色、両方が混じり合う不思議な絵となった。

ただ、残念なことにいくつか色が落ちた場所がある。ぶつかって擦れた、そんな傷だ。

それを撫でて、律子は胸を張る。

「燕くんに任せておけば安心ね。だって、このアトリエ一番の弟子だもの」

燕がこの家に住み始めてまもなく三年になる。

毎日律子の絵を見るおかげで、彼女の絵の修復は随分とうまくなった。色を似せることも得意になった。

(修復師か……)

律子の絵を眺めながら燕は考える。それは考えたこともない道だった。

美大に進んだのは、両親がそう望んだからだった。

(人の絵を……直す……)

数年前の燕は親の勧めのまま、模写だけを続けてきた。ようやく自分の絵というものを取り戻したのは律子に出会ってから。

絵を描くのが楽しいと、心より思えるようになったのはここ一年ほどのこと。

本格的に修復の道に進むと、また昔の自分に戻るのではないか、せっかく手に入れた自分の絵をまた失ってしまうのではないか……そう思うと、背筋がぞっと震えた。

「燕くん、鳴ってる」

その背に、熱いものが不意に触れた。

それは、律子の手だ。彼女はいつでも体温が高い。

「ああ、スコーンが焼けたんですね。先に手を洗って来てください、今、用意を……」

しかし律子は燕の背に手を当てたまま、耳を澄ますように首を傾けた。

「オーブンだけじゃないわ……ほら、燕くん、チャイムが」

部屋の中、ゆっくりとチャイムが鳴り響く。

それは間延びした、緩やかな音である。

一人ぼっちのメヌエット　アフタヌーンティー

桜の目前にそびえ立つのは、古いビルのような建物だ。

カルテットキッチンを出て、駅を過ぎ住宅街を通り抜けたその先。

……家と家の間に、唐突に灰色のビルが現れたのだ。

壁にはツタが這い、窓は固く閉ざされている。どんよりと薄暗く、まるで童話に出てくる魔女の家のようだった。

近くの公園から、掠れた音楽が響く。それは、十八時を知らせる音だった。聞き慣れている音だというのに、この雰囲気に重なると不気味に響く。

桜は目の前の建物を指し、夏生を見ると彼は小さく頷いた。

ここは、燕が履歴書に書いていた住所である。

「ここ……で、よかったのかな？　人……住んでる？」

一階には玄関らしきものはない。その代わり、暗い階段があった。恐る恐る足を踏み入れてみれば不気味に足音だけが響く。空気がここだけ妙に冷たい。階段を上がりきった先には、赤錆の浮いた扉が一枚。

それを見て、桜の足がぴたりと止まった。

「ねえ。本当にここ、燕さんの家であってる？」

そんな桜の背を、急かすように夏生がつつく。

「ちょ……やめてよ、夏生！」

「だって住所ここだろ。いいからそれ、押せって」

「な……夏生が押せばいいじゃない！」

「桜が行くっていったんだろ」

「私、言ってない。夏生が言った！」

「いいから」

夏生にせっつかれ、桜は赤いインターホンを思い切って押す。

すると、間の抜けた音が鳴り響き……やがて扉が低音を響かせて開いた。

「……燕さん！」

薄暗い扉の向こう、燕の顔が見えた時、桜はほっと安堵のため息をつく。

表情の薄い彼には珍しく、目を丸めて驚いた表情をしていた。

「何でここが？」

「すみません……止めたんですけど……り……履歴書……を……みて……あ。夏生が！」

桜の背後で、夏生がにやにや笑って白い紙を振っている。それを見た燕が口を尖らせた。

「ばーか。お前の忘れ物、届けに来たんだよ。桜がうるせえから。大事な物だったらどうしようって」

「すみません。大事そうな書類だったから……燕さん、来週までシフト入ってないし」

桜は慌てて鞄から白い封筒を取り出す。それには美大の刻印が刻まれていた。

これが机の上に残っていることに気づいたのは、燕が帰ってしばらく後のことだ。

どうしよう。と、戸惑う桜の横で夏生が書類棚を漁って燕の履歴書を見つけ出した。

電話をかけようとする桜を無視し、夏生はさっさと店を飛び出してスマホの地図を眺めていた。

どんな家か気になるだろ、というのが夏生の言い分だ。そして好奇心に負けて桜もここまで来てしまった。

そんな一瞬の好奇心も、燕を見た途端に後悔へと変わる。

「……すみません……」

「ありがとう、じゃ」

「燕くん？」

すぐさま扉を閉めようとする燕だが、その前に彼の背後から細い腕が伸びて扉を掴む。

「あら。燕くんのお友達？　どうぞ、上がっていらして」

「律子さん」

「個人情報だ」

燕の背後からひょっこりと顔を覗かせたのは、一人の女性である。

彼女が顔を出した途端、空気が廊下がぱっと明るくなった気がした。

年齢はよく分からないが、少なくとも桜の母よりはずっと年上に見える。しかし、表情が明るい。綺麗なグレーの髪がよく似合っている。

作業着のような服にはべっとりと黄色や緑の色が光り、近づくと絵の具の香りがした。

「バイト先の子？　まあ、綺麗なグリーンの制服。音楽高校の制服ね」

「いや、律子さん……」

珍しく燕が困惑するような顔を見せる。

母親なのか叔母なのか。それにしては距離感がおかしい。二人の関係が見えず、桜と夏生は思わず顔を見合わせる。

「いいじゃない。お茶でも一緒に飲みましょう。たくさん居たほうが楽しいし」

年上の女性が苦手な夏生は、まるで硬直したみたいに背筋を伸ばしたまま。

だから桜は夏生の前に出て、彼女の顔をそっと見上げた。

「……あの燕さんのバイト先で一緒の、境川桜……です。こっちは、日向夏生」

薄暗い中、大きな目が輝いている。近づくと、ますます絵の具が香る。

そんな香りに包まれた彼女は笑顔の綺麗な人だった。燕は諦めたように女性を前に押し出してため息をつく。

「この人は……律子さん……」

そして燕がふと、いたずらっぽく微笑んだ。

「俺の妻だ」

それを聞いて夏生の目がまんまるになり、桜も息を呑む。しかし当の女性といえば、何でもない顔で燕の肩を叩くのだ。

「燕くんったら冗談ばっかり。私ね、燕くんの絵の先生なの」

律子と呼ばれた彼女は燕の言葉に動じもせず、玄関から一歩出てくる。

「あら。それって、もしかしてヴァイオリン？」

律子は夏生に近づくと、彼が背負っている細長いケースを指差した。

「は……はい」

「見せて、見せて」

「律子さん、ちょっと」

燕が止めようとするが、彼女はお構いなしだ。夏生は気圧されたように、ヴァイオリンをケースから取り出す。

夏生は幼い頃からピアノが苦手だった。その代わり、ヴァイオリンの腕は誰にも負けない。大人にだって引けを取らない。

これまでコンクールでも何度も賞をとり、都心の音楽高校への推薦もあったという。少なくとも桜の高校のヴァイオリン専攻では主席扱いだ。

「ねえ、弾いてみて、今すぐに」

律子は無邪気に夏生にせがむ。

最近は反抗期の夏生だが、勢いに飲まれたのかコクコク頷くと、素直にヴァイオリンを肩に置く。

息を吸い込み、夏生の目が桜をちらりと見る。桜は弓を握った夏生の手に、軽く拳をぶつけてやる……それが演奏を始める前の二人の合図だった。

「……」

息を一回吸い込んで、ゆっくり弾き始めると、夏生の表情はすっかり変わる。目は遠くを見つめ、背が伸びると小さな体から音が溢れ始める。

彼が弾いたのは、ほんの一小節。狭い階段に綺麗な高音が鳴り響いて天井にぶつかり、緩やかに降り落ちてくる。

それはまるで音の断片が空中に散らばっていくようだ。桜はそれを吸い込むように、小さく深呼吸する。

「すごくかわいい」

律子は夏生を見つめたまま腕を動かしている。気がつけば、彼女はノートに夏生の姿を模写しているのだ。

「ヴァイオリンも曲線でしょ。あなたの柔らかい髪とよく似合ってる」

ノートに描かれた夏生があまりにリアルすぎて、桜は思わず息を飲み込んだ。

一瞬で描いたとは思えない。ただの線と線の重なりなのに、不思議なほど立体に見える。

そしてその表情は、夏生にそっくりだった。

「律子さん、やめてください」

燕が不機嫌そうに律子からペンを取り上げる。

「いきなり描くのは失礼でしょう」

「あ……別に……俺は別に……気に……してないし」

夏生は耳まで赤くしたまま、慌ててケースにヴァイオリンを片付ける。そして不安そうに桜をちらりと見上げた。

「桜、もう……帰る……」

「私も昔、少しだけ楽器を触ったことがあるの。すごく下手くそだったけど」

しかし、律子はそんな夏生にはお構いなしだ。じっと見つめたまま、少しだけ寂しそうな顔をする。

……そんな顔をすると、どこかで見たことがある……そんな気がした。

「も……もういいだろ。忘れ物届けたし……お前の母ちゃん、病院から戻ってんだろ」

「お嬢さん。あなたは今、何を弾いているの？」

夏生の言葉を無視し、律子は桜を見つめた。

その目に気圧されるように、桜は小さく頷く。

「ピア……ノを」

「素敵！　ねえ、今からピアノのある所に行って、あなたの演奏を聞けないかしら？」

律子はまるで飛びつくように桜の手を握る。温かく……熱いほどの手だ。手には絵の具がついている。

急に手を握られても、不思議と嫌な気持ちにはならない。触れているだけで心が穏やかになる。

桜は戸惑うように、律子を見上げた。

「すみません、弾き……たいんですけど、今日は早く……帰らないと」

嘘が喉に絡んで、桜の声を低くさせる。

「母が待ってるので帰らないと、いけなくて」

「そうなの……残念。今度、聞かせてね。あ、そうだ、ちょっと待って」

彼女は桜の顔をじっと見つめた後、部屋へと引っ込む……と思えば数分後に駆け戻ってきた。忙しい人である。

「燕くん、スコーンも差し上げてもいいかしら」

「どうぞ」

燕と律子の関係といえば、師弟関係というよりも兄妹か親子のようだ。子供のような律子を、燕が苦笑するように見つめている。

「お近づきの印に。また家に帰って開いてみて」

彼女が桜に押し付けてきたのは、丸めた画用紙。

がさりとした感触が、桜の奥にある記憶を揺さぶる……が、それは様々な記憶に巻き込まれ、結局思い出されることはなかった。

「それとスコーンね。お腹が空くと寂しいもの。これに合わせるのは紅茶よ、絶対に。忘れないでね。優雅な気分で食べてみて、きっと幸せな気持ちになれるから」

もう一つは、アルミホイルに不恰好に包まれた温かい塊だ。夏生と桜それぞれに渡して満足そうに律子は胸を張る。

「この家は防音されてるし、いつでも練習をしにいらっしゃいね」

立ち去る桜と夏生に手を振る律子と、呆れ顔の燕。不思議な二人に背を向けて桜は階段を降りる。

「変わ……面白い人だったね、夏生」

「絵描きって変わってるやつ多いんだよ、燕のやつだって、変だろ」

すっかりいつもの調子を取り戻した夏生が、口を尖らせる。

薄暗い階段を降りると、その先は綺麗な夕日に染まっていた。

（……嘘、ついちゃった）

桜は後悔の苦い味を飲み込むように、夕日の色を踏んで歩く。

道のその先、桜のマンションが夕日色に染まって見えた。

（……弾きたい、なんて）

自室に置かれたままとなっているピアノのことを思い出して、桜は拳を握りしめる。

先ほど、律子に言った「弾きたい」という嘘。その空々しい寒さが喉の奥を凍らせる。蹴飛ばした石が壁に跳ねて赤い道を転がっていく。

（……弾けないのに）

歌は平気だ、ヴァイオリンだって巧くはないが弾くことはできる……しかしピアノだけが駄目なのだ。

弾けなくなった理由は桜自身、分かっていた。

……高校入学してすぐ、ピアノ教室で行われた発表会。

広いステージ、注ぐライト。桜はたった一人で、眩しいステージの上にいた。

（……弾けなくて）

その日は大雨だった。雷も鳴っていた。雷が鳴るたび、会場の電気がちかちかと光を放ち、会場がゆらゆら揺れるのが恐ろしかった。

桜は雷が苦手だ。小さな頃から嫌なことがある日はだいたい雨が降る。そのせいで雨が嫌いになった。

必死に一音を叩いたその瞬間、唐突に激しい音が響き渡った。

会場の近くに雷が落ちたのだ。目前が白に染まり、誰かが悲鳴を上げた。電灯が弾けるように消え、会場は真っ暗になった。

雨が天井を激しく叩いた後、不思議な静寂が一瞬だけ会場を包み込んだ。

会場では親が子を、子が親に寄り添って不安げに周囲を見渡している。この会場で一人ぼっちなのは、桜だけ。

桜の震えた指が真っ白な鍵盤を叩き、それはまるで悲鳴のように会場に響き渡った。

その時から、桜は人前でうまくピアノが弾けない。弾こうとすれば、頭の中に雷雨の音が蘇って、音の邪魔をする。

……そして桜はそれを笑って見過ごしてきた。

愛想笑いをするたびに、弾き方を忘れていく、そんな気がする。

最近では、音楽高校に入ったことさえ後悔しつつある。楽しそうに弾く夏生を見ると、余計に情けなくなる。

(今更……仕方ないけど)

考え込んで歩くうち、気がつけば桜の足が止まっていた。

そこはちょうど、四つ辻の真ん中。夕日の断片がカーブミラーを染めている。

そんなカーブミラーには、緑の制服をまとった自分の姿がしょんぼりと映り込んでいた。

まだ真新しい、音楽高校の制服。受験を受ける時から身につけるのを楽しみにしていた、憧れの制服だ。

「帰ろ……」

夕日はすっかりと濃くなって、夜が訪れようとしていた。しかしそんな薄暗い空に黒い雲がとぐろを巻いているのが見える。それは雨を呼ぶ厚くて黒い雲だ。雨の香りが鼻先に届いた気がする。

今年もまた雨の季節がくる。と、桜は小さく震えた。

新築らしい尖った匂いがまだ残っているマンションだった。中に入れば、もう外の音は聞こえない。

桜の家は、カルテットキッチンから歩いて十分の場所にある、大きなマンション。

「ただいま」

（やっぱり東京ってどこも静かだな）

と、桜は靴を脱ぎながら思う。

（九州は、賑やかだったから……）

このマンションに引越してきて、今で二ヶ月。その前まで、桜は母と二人で九州で暮らしていた。

東京から九州への転勤が決まったのは、今からちょうど五年前。桜が十歳の頃のことだ。

母は桜が生まれる前から暮らしていた家をあっさり手放すと、二人で九州へと越した。

再び転勤となり、東京に戻ってきたのは桜の中学卒業式の翌日。新しいピアノ教室が決まったのはその三日後、問題の発表会で失敗したのはそのすぐ後。

この春からずっと、桜の生活は目まぐるしい。

「……お母さん？」

家に足を踏み入れると、部屋は薄暗かった。

「お母さん、いる？」

手元のスマートフォンを見下ろして、桜は中に向かって声をかける。

一時間ほど前、母から「母帰還、食事は適当によろしく」と言う短いメッセージが届いていた。

「さくらぁ」

二度声をかけると、ようやく部屋の奥から情けない声が響く。

覗き込めば、ソファーの上、白い腕だけがひょろひょろと揺れていた。

それを眺めながら、桜はキッチンの隅に置かれた小さな仏壇に手を合わせる……戒名と、小さな写真。それが桜の父だ。

……桜は母子家庭である。正確には、父とは死別だ。

かつて両親は、祖父母の反対を押し切って結婚した。反対の理由は、父が病気がちだったせいだろう。体がどんどんと動かなくなる病気、と桜は聞いている。

父は高校を中退し、指が動く間は音楽教室に通って腕を磨いていたようだ。絵の教室にも通うなど、芸術全般が得意な人だった……と、みゆきから教えてもらった。

父との思い出は、病室に広がる淡い熱、そして低いざわめき音とともに浮かんでくる。

病院のレクリエーションルームに置かれたピアノを一緒に弾いた記憶、病院を抜け出して楽器店でピアノを弾いた思い出。

細い腕なのに力強い音が出るのが不思議だった。……そして彼はとうとう桜が六歳の冬に逝った。

父の死後、一人で桜を育てると決意した母の職業は救急病院の医者であり、ここ最近は週の半分も家に居ないくらい忙しい。

（お父さん、ただいま）

口にすれば母がいつも悲しい顔をするので、桜は小さな写真に向かって心の中で挨拶を済ませる。写真嫌いだった父は、まともな写真を一枚も残していない。

今ここにある遺影も横顔の、それもピントの合わない写真だ。桜の記憶にある父の顔も段々と曖昧になりつつある。

（仏壇にホコリ……今度掃除するからね、お父さん）

母はけして仏壇に向かおうとしない。酔った時に、仏壇の前に座って気難しい顔を見せることはあるけれど、けして手を合わせない。話しかけることもない。

十年たっても、まだ母はその事実を受け入れていない。

思えば、父が亡くなってから、ますます母は医者の道にのめり込んだ。

悲しみを共有させて貰えない桜は、いつも父と母の間の薄暗いところに立っている。

「お母さん、ちゃんとベッドで寝なよ」

「……ねーえ……雨が降りそうか……おしえて」

母は崩れるような恰好で、白衣も脱がないままソファーに寝転がっている。

この春から救急病院に移った母は、以前よりも忙しい。家に帰ってきたのは三日ぶり。

帰ってきてもほとんどゾンビのようなものだ。

「桜ぁ……天気……」

「天気予報みたら。寝るんだったら化粧落としてからね。ご飯は？　食べた？」

「ん……」

「もう」

桜は仕方なく母親を引っ張り起こして、化粧落としシートで彼女の顔をこする。

「……桜、あんたの天気予報……テレビよりよく当たるから……」

白い化粧が剥げて見えてきたのは、見慣れた母の顔。目の下にクマがある。

それを見るたびに、桜は何も言えなくなってしまう。ピアノのこと、日常のこと、そして悩み事。いつも桜は、喉の奥にきゅっと飲み込む羽目になる。

「空気の音が違うって……前よく、雨の予報……当ててたじゃない……」

半分眠っているのか、母親の声のトーンは落ち気味だ。

「雨が……降ると……患者さん、増えるから……」

桜の鼻の奥がつん、と冷えた。しかし桜はその感情を押し隠す。

「忙しくなる前に……寝ないと……睡眠時間……減って……」

「じゃあ早く寝てよね」

「桜ぁ」

母の細い腕が宙でもがいている。不眠不休で働く母は、いつもこうだ。

「ピアノ……弾い……て」

その指が桜の部屋を指す。

「メヌエット……がいい……な。桜、メヌエット、得意だったじゃない……ダンスの……似合う……」

桜の頭の中で緩やかに音が鳴り響く。それは三拍子のメヌエットだ。優雅なダンスがよく似合う……春にぴったりの曲。

元はフランスの民衆音楽だったものがそのうちに宮廷音楽になった、と桜は習った。だから教科書どおり窮屈に弾くよりも、ざっくばらんに弾くほうがずっと似合う曲だ。

だから桜はメヌエットを踊るように弾く。素朴な女の子が恥ずかしそうに踊る、そんなイメージで。

桜の弾くメヌエットに合わせて、母が白衣をはためかせて踊ったこともある。

……でもそれも、昨年までの話だ。

「お母さん、私ね……もう……ピアノは」

母の寝息が返ってきたのはその直後。

仕方なく、桜はタオルケットを母の体にかけ電気を落とした。

「お母さん、落とし物……」

白衣のポケットからこぼれ落ちた一枚の写真を見て、桜は唇を結ぶ。それは、母と……幼稚園くらいの女の子が並んだ写真だった。患者さんの子供なのか、ピースサインをする母は、楽しそうな笑顔を浮かべている。

「……貰い物のスコーン、置いとく。起きたら食べてね」

アルミホイルに包まれたスコーンを一つ机に置いて、桜は自室の扉を閉める。

部屋には小さなピアノが一台、桜を迎える。しかし桜はピアノに背を向けてスコーンをかじった。

「あ……美味しい」

暗い中でも分かるほど、それは真っ白だ。円柱のスコーンではなく、三角で大きくどっしりとしたスコーン。

食べるとほろほろポロポロと崩れていくが、噛み締めると、しみじみ甘い味が広がる。

優しく素朴な味だ。メヌエットを食べ物にするのなら、きっとこんな味になるのだろう。

しっとりとしていて、口当たりはふんわりとしている。

（……燕さんは何でも作れるんだなあ）

燕の端整な顔を思い浮かべ桜は考える。おしゃれなポタージュから、サンドイッチ。そしてスコーンまで、彼はまるで魔法みたいになんでも作る。

クールな態度なのに、食事を作らせると燕は抜群にうまいのだ。

（燕さんに……教えて貰ったら料理、うまくできるかな。だめかな、だって緊張するし）

桜は母を起こさないよう気をつけて冷蔵庫に向かうと、冷えたペットボトルの紅茶を取り出す。蓋を開け……少し考えて、ちゃんとカップに注ぐ。

（紅茶、ちゃんと淹れたらもっと美味しいんだろうな）

と、と、と……と、ペットボトルから注がれる音に情緒はないが、甘い香りがちょっとだけ心を癒やす。

桜は急いで部屋に戻ると、机に白いハンカチを置く、その上に白いお皿と白いカップ。

紅茶に夕日の明かりが当たってキラキラと輝く。ここだけが、まるでお姫様の食卓のようだった。

律子の言葉を思い出した桜はいつもより優雅に、椅子へ腰をおろした。

桜にアフタヌーンティーの経験はない。しかし律子には経験があるのだろうし、そういう場がよく似合う女性だろう。とも思う。

（……紅茶、あってよかった）

紅茶で少しだけ湿った口でスコーンをかじると、先ほどよりもっと優しい食感に変わり、甘さが優しく広がっていく。

スコーンをそのままかじるだけでは駄目で、やはりこれは紅茶と一緒に食べるべき物だ。

まるで合奏がぴたりと揃ったような、そんな心地よい美味しさが口の中に広がるのだ。

（美味しいな）

しっとりとした生地はミルクとバターの味がする。それに、紅茶の香りが混じり合って優しい気持ちになれる。

少しだけやさぐれていた心が、夕日みたいな紅茶の色に溶けていく。

（……食べさせたい人がいるって、燕さん言ってたな）

燕の言葉を、桜は不意に思い出した。

（あの……律子さんって人かな）

ふわふわのスコーンと甘い紅茶を口にしながら、桜は考える。

二人の関係は、考えてもやはりよく分からなかった。

（……うん、やっぱりかっこいいな）

桜はそっとスマートフォンの写真フォルダーをタップする。

……画面に広がったのは、燕の横顔。キッチンに立つ姿を、気づかれないように撮った。

母に見せて自慢しようと思ったのに、最近の母は連日この調子で長く話もできていない。

（友達に見せたらきっとお店に押しかけてきちゃうから内緒）

桜は明るい画面をじっと見つめる。

何度見ても整った顔だった。愛想はよくないし、目つきも悪い。しかし不思議と柔らかい雰囲気を持っている。

燕への気持ちは恋などではない。そもそも桜は恋愛というものがよく分からない。

ただ、燕は顔が綺麗すぎるのだ。近くにいると不思議と気持ちが浮ついて、ちょっと幸せな気持ちになれる。

アイドルを追いかけるクラスメートの気持ちと多分、同じだ。だからプライベートを見てしまったことに少しの罪悪感と……ショックがあった。

「あ。そうだ」

律子から渡されたもう一つのプレゼントを思い出し、桜はそれをほどく。

「……ピアノ！」

大きな画用紙に描かれたそれは、黒と白のまっすぐな線。鮮やかな色で塗られている。シンプルな線なのに、それはピアノだ。とすぐに分かる。奥に引っ込んだ一瞬で、彼女が描いたのだ。まるで音が聞こえてきそうな、そんな絵だった。

「すごいなあ……」

ちっとも似ていない師弟だが、あの二人には共通点がある。

……人を喜ばせる、という点だ。

「これなら弾けるのに」

桜はそっと、紙に描かれたピアノに指を置く。

とん、とん、とん。とゆっくり響く指の音。聞こえないはずのメヌエットの素朴な旋律が桜の中にゆっくりと広がった。

赤に溺れた天津チャーハン

「ごちそうさまでした」

女子大生の集団がようやく席を立ったのは閉店時刻も迫る、十八時直前のこと。

彼女たちは燕を見つめてはひそひそと何事か囁いて黄色い声で騒ぐ。最近はそんな客が増えている。

おかげで燕も以前に比べて少しは愛想笑いが上手になった。普段は使わない表情筋が、筋肉痛を起こすほどに。


「大島君さ、今日のランチちょっと失敗だったよね」

最後の客が去った後。カウンター席に腰掛けたみゆきが言った。

みゆきの前に置かれた皿は空っぽ。満足そうに口を拭うみゆきだが、指摘は厳しい。

「大島君にしては珍しくない？　味付けはよかったけど、水分が残ってた感じ？」

燕はちらりと、フライパンを見る。そこにはランチ用のチャーハンが残っていた。みゆきが言う通り、米が少し柔らかくべっとりと潰れて見える。

穏やかな気持ちでチャーハンを作ると、いつもそうだ。チャーハンをうまく作るには、気分に少しだけ波が必要だった。

「……すみません。チャーハンは気分が乗らないとうまく作れなくて」

「あ、別に怒ってるわけじゃないんだ。あたしは大島君に苦手な料理があるって知って嬉しかっただけ」

みゆきが慌てたように言って、笑う。

「それにさ。大島君、タマネギ切ってて目、染みてたでしょう？　そんなときは歌をうたってみて。歌うと、目が痛くならないんだよね。あたしも祖母から習ってさ、嘘だって思ってたけど、以外と効果あるから、試してみてよ」

「機会があれば」

今日のランチはチャーハン、唐揚げ、マカロニサラダにわかめの味噌汁。

この店は昼から閉店まで通しでランチを提供するせいで、燕もすっかり定食メニューが得意になった。すでに頭の片隅では明日のランチメニューを考えつつある。

「そういや桜ちゃんが、大島君のスコーン、すごく美味しかったって喜んでたよ」

みゆきは食後のコーヒーをすすりながら、洗い物をする燕を見つめる。

「……ああ、それはよかった」

燕はキッチンを軽く片付け、冷凍庫をそっと開けた。

そこには冷凍パックに詰まった赤い塊が眠っている。

手にすれば、ずしりと重い。それは、赤いイチゴだ。これは今年最後のイチゴだろう。五月のイチゴは少し小ぶりで、過ぎる旬を惜しむような色が美しい。

「スコーン、あたしも食べたいな。美味しければお店のメニューにもしたいし」

「……今度作りますよ、簡単ですし」

燕は先日作ったスコーンを思い浮かべた。

突然甘いものを食べたがる律子のために、家の冷凍庫には常にお菓子のストックが用意されている。マフィン、ホットケーキ、そしてスコーン。

柔らかなスコーンは、特に律子のお気に入りだ。切らさないように常に冷凍庫に眠らせている。

真っ白なスコーンに赤のイチゴジャム、もしくは黄金色のリンゴジャム。深い藍色のカシスジャム。そんなものを山盛り付けて食べるのを律子は好む。

おかげで、燕はジャム作りが上手になった。

「あ、イチゴ使ってくれるの？　今年のは酸っぱくってさ、誰も食べてくれなくて」

「そうですね。少し酸味がきついので、ジャムにします」

「冷凍のままで？」

燕はコンロにかけた鍋に、凍ったままのイチゴを投げ込む。

たっぷりの砂糖をくわえ、レモン汁を少々。火を点けて一度だけかき混ぜる。やがてぐずぐずと、水分がイチゴから染み出していく。

鍋の中が、ルビーのような深い赤で沸き立った。

「なるほど、こっちのほうが……」

「水分がすぐ出るので、失敗が少ない気がします」

泡立つ灰汁は、少し濁った薄桃色。すくいながら煮詰めていけば、やがて店内に甘い香りが満ちていく。

冷凍イチゴを使えば、不思議とすぐに煮詰まる。そして生の果実よりも、綺麗な赤になる……そんな気がする。

こんなことを教えてくれたのは、燕を拾った女だった。

数年前、燕は絵も学校も親も捨てて家を飛び出した。その時、燕の面倒を見てくれたのは行きずりの女たち。燕はいわゆるヒモだった。

生活の面倒を見てもらう代わりに、燕は彼女たちから料理を学び食事を作った。

ジャムの作り方を燕に教えたのは、初夏の頃に付き合った女。

もう名前も顔もすっかり忘れてしまった。料理は作れないくせに、不思議とジャム作りだけは上手な女だった。

燕は彼女からはジャム作りの基本を学んだ。

そして、煮詰まっていくイチゴの色が美しいことは、律子から学んだ。

「……スコーンとジャムで、メニューになりますし……これに、バターを溶かしてイチゴバタージャムにしても」

「大島君が甘いもの作れるのって、意外だね」

みゆきは体調のいい時、こうして燕と話をしたがった。最初こそたどたどしかった会話も、最近では慣れたものになっている。

みゆきはカルテットを率いていた、というだけあって人当たりがいい。

彼女の明るい口調につられて、燕もついつい口が軽くなる。

「俺はあまり甘いものは得意じゃありませんが、一緒に住んでいる人が、甘党なので」

「じゃあ、その人は幸せ者だね」

みゆきが朗らかに笑い、燕もつられて少し笑った。

「そうですね」

みゆきは燕を見上げたまま、手持ち無沙汰に机を指で弾いていた。

昔は彼女も楽器を演奏していたのだ。指は音楽を刻むように心地よく動く。

「閉店の看板、出しておきます」

燕は外に出て、古びた扉に閉店の看板をかける。

日差しが傾き、店から客が消え、地面に店の影が伸びる。扉の上に嵌められたステンドグラスに夕日が当たり、琥珀色に輝く。

（……ああ、このステンドグラス、ひまわりがモチーフなのか）

燕は目を細めてステンドグラスを見つめた。抽象的だが、それは大輪のひまわりをイメージしたステンドグラスであるらしい。

（律子さんも気に入っていたな、このステンドグラス）

……この店にバイトを決めたのは、偶然だ。

律子と一緒に前を通りがかった時、少し開いた扉から幸せそうな客の顔が見えた。

少し傷の入った木の床に、かすれた色のカラフルな椅子、大きな窓から光が差し込み黄金に輝く店内。

その風景が、ひどく美しいものに見えたのだ。

そんな店の前で、桜がクッキーを配っていた。十周年記念で配っている、という小さなクッキー。まるでガラスを閉じ込めたようなクッキーだった。

それを受け取った律子が、美味しいわ。と、うっとりと呟いた。

その律子の言葉が、燕を動かすきっかけとなったのである。

壁に貼ってあったバイト募集の電話番号を急いで控え、翌日には電話をかけていた。

バイトをここに決めたのは偶然だが、カルテットキッチンに決めてよかったと、今ではそう思っている。

「玄関の扉の隅、少し裂けてますね。今度、直しておきましょうか」

少し傷ついた扉を眺めながら、燕は呟いた。

この店はみゆきと店長が二人で始めた、と聞いたことがある。

十年前、二人は同時に音楽の道を絶った。そして廃業寸前だった親戚の喫茶店を譲り受け、二人でこの店を作り上げたのだという。

時が経ち、店は少しだけ古びている。扉の建て付けや窓の隙間風。しかし、それが却って心地いいのだが。

「あのさ……大島君」

ふとみゆきが燕の名を呼んだ、

彼女は空のカップを握りしめたまま、恐る恐る燕の顔を見上げる。

「やっぱり大島君のご両親って絵のお仕事をされてるの？」

「……昔は……二人とも美大出身ですし、描いていたようです……が」

みゆきの質問に、燕の喉の奥がぐっと詰まった。先ほどまでの幸せな気持ちが、ゆっくりと冷めていく。そんな気がする。

「じゃあ大島君は、ご両親の影響を受けて美大に？」

「まあ……そんなところです」

みゆきの質問に、燕は曖昧に答えた。

ジャムはそろそろ、水分が抜けきった。くつくつと、輝きながら煮詰まっている。

……しかし親のことを思い出すと、幸せそうな色もモノクロに見える。

みゆきは燕の変化にも気づかず、小さく息を吐いた。

「うちも同じなんだ……あたしたちが子供たちに音楽を勧めたの。あたしたち、ずっと音楽をしていたから……咲也《さくや》君……桜ちゃんのお父さんも」

「……小さいとき、亡くなったと聞きました」

桜の父は写真では不鮮明だ。しかし、みゆきの頭の中には彼の顔が浮かんでいるのだろう。懐かしそうに、彼女は目を閉じる。

「あたしも日向君も、音大を出て……入ったばかりの楽団やめて、この店を始めた……って前に言ったじゃない？　実はさ、咲也君が亡くなったからこの店を始めたの。もう二度と、あのカルテットの音は出せない。だから」

みゆきの目に夕日の色がにじむ。それは虹のような色に見えた。

「……だから仕事としての音楽から、すっぱり足を洗ったの。たくさんの音に紛れて、四人のカルテットの音を忘れたくなかったから」

燕は角の取れたカウンターをそっと撫でる。燕には聞こえないが、この店のあちこちに音が閉じ込められているのだろう。それは、みゆきの思い出の音だ。

「あ。ごめんね、辛気臭いよね」

みゆきはしばらく、自分の手をじっと見つめ口を閉じた。

底抜けに明るく、物怖じしない彼女が初めて複雑な表情を見せる。大きな瞳に、キッチンのオレンジ色の明かりがちかちかと反射している。

「……ねえ、大島君。ちょっと話を聞いてもらってもいい？」

「ええ」

顔を上げたみゆきをみて、燕は平淡に応えた。

「どうぞ」

その静かな響きにみゆきは安心したように、すっと息を吸い込む。

「……あたしね、音楽家の道は捨てたけど、それでも音楽は人の心を救うって知ってたし、そう信じてた。だから子供たちにもその楽しさを知ってほしかった」

みゆきの目が、ステージの上のピアノを見つめた。桜はまだ、ピアノを弾けない。彼女が弾けるのは一人きりか、夏生の前だけ。誰か他の人間がいると、一音も弾けない。

そして彼女は、弾けないことを笑ってごまかしている。

そんな彼女を見ていると燕は、絵を描けなかった頃を思い出すのだ。

あの頃は苦しかった。あの苦しみを彼女も味わっている、そう思うと切ない。

「桜ちゃん、小学校の中頃からこの春まで九州にいたんだ。陽毬《ひまり》……桜ちゃんのお母さんの転勤で」

みゆきが目を細めて、言う。

「実は二人が九州行くとき、あたしね、実は少しホッとしたんだ。陽毬、仕事に打ち込みすぎて、しっかり者の桜ちゃんに甘えてたところあるから。でも今度行く九州は小さな病院で……これまでよりずっと桜ちゃんに寄り添えるって。そのために転勤するんだって、陽毬が言ってた。二人が遠くに行くのは寂しいけど、これで桜ちゃんが寂しい思いをしなくて済むって、ちょっと嬉しかったんだ……でも、また、あの二人がこの春から東京に戻ってきて……陽毬は前以上に忙しくなって」

みゆきの目が少しだけせつなそうに揺れる。

「で、桜ちゃん、こっちに戻ってきてすぐ、入ったばかりの音楽教室でピアノの発表会があって……そのとき、大雨が」

「雨？」

「桜ちゃん、昔から嫌なことが起きるときはいつも雨が降るの。ただの偶然なんだけどね、彼女の中では悪いジンクスになってて……その上、ステージの上で停電が起きちゃって」

降ってもいない雨の音が、聞こえた気がして燕は窓を見る……そこにあるのは、やはり夕日の赤色だけだった。

「その日から、弾けなくなっちゃった……夏生は桜ちゃんのことを気にして、変に気を張って……そのせいで今は二人とも、音楽を少し怖がってるみたい。親の希望の通り音楽の道に進んだせいで」

みゆきが悔やむように、唇を噛み締める、心配そうに眉が寄る。彼女の瞳に当たるオレンジの明かりはキッチンの照明ではなく、夕日の薄黒い赤。

後悔がグラデーションのように彼女の顔を染めていく。

子供のことを話す時、みゆきの顔からは明るさが消える。その顔は親の顔だ。

自分の親ははたして、燕のためにこんな顔をしてくれるだろうか、と考えて燕のどこかが少し痛くなった。

「あたしさ、最近思うんだ。子供にあたしたちの……あたしの夢を押し付けたんじゃないかって……子供には可能性の芽があるのに、他の芽を摘んで音楽しか与えなかった。だから桜ちゃんも夏生も苦しむことになったし。それってさ」

栓のゆるい水道から水の滴る音が聞こえる。ラジオもレコードも止めた店内は静かすぎる。みゆきの白い指が小さく震え、カウンターのカップを小さく揺らしていた。

「……あたしの、エゴじゃないのかなって……」

みゆきの言葉は懺悔の声だ。息子にも、夫にも言えないその黒い感情は、出会って間もない燕相手だからこそ吐き出せるのだ。

しかし燕はその声を、どこか遠い世界の出来事のように聞く。

燕は両親と不仲だ。三年前に家を出て、一度だけ家に戻った。

滞在時間はたった十分。その間に両親は、燕の目を見ることさえしなかった。

それからは折々に電話で話をする程度。一度も顔を見ていない。そろそろ顔を忘れそうだ、と燕は思う。

……しかし、燕に絵を教えてくれたのも両親だ。そのジレンマは、今も燕を苦しめる。

「俺は……俺も……親とは色々ありましたけど絵の道に進んでよかったと、そう思ってます。絵を……教えてくれたのは、両親だから」

燕は動揺を隠すように、熱湯消毒した瓶に煮詰まったジャムを落とす。ぽとり、ぽとりと赤い色がガラスの底に広がった。

「道を示してくれた親には感謝してます。きっと二人も……桜も夏生も……感謝していると思いますが……」

燕の言葉に、みゆきが安堵するように微笑む。

「ありがとう。聞いてもらっちゃって。甘えついでにお願いするけど、年上の大島君が桜ちゃんの様子気にかけてほしいなって。大島君になら任せられる気がするからさ」

「は……い……できる限りは」

燕は驚いて、思わず声が詰まる。手元で、ジャムの瓶が滑り落ちそうになるのを、慌てて受け止めた。

「俺で……よければ」

燕はこれまで、自分の殻に閉じこもって生きてきた。誰かに「任せられる」、などといわれたのは生まれて初めてのこと。

胸の奥を直接押されたような小さな震えは、小さな感動でもある。その動揺をごまかすように、燕はジャムの瓶を強く締めた。


燕が家に戻ったのは、夜が少し更けた頃。

いつもは閉まっている玄関が少しだけ開いていた。不安な気持ちに襲われ、慌てて扉を開けると玄関先に律子が立っている。

「律子さん？」

「あ、燕くんいいところに。ねえ見て、見て！　ピアノが届いたのよ」

ぴょん、と律子が嬉しそうに跳ねる。彼女が指差すのは、ダイニングの片隅。そこにぴかぴかのピアノが一台置かれていた。

　大きなピアノではなく、小ぶりなものだ。しかし、その黒の輝きは周囲を圧倒する。

「ピアノ？」

　燕はぽかん、とそれを見た。絵の具や筆などで荒れた部屋の中、そこからは新しい香りがする。

「ピアノがあれば、あの子たちが来たときに練習できるじゃない」

「そのために？　ピアノを？　買ったんですか？」

「税金対策ですよ。さすがにグランドピアノにするというのを説得して、アップライトピアノで落ち着きました。グランドピアノは大きすぎる」

　静かな声が燕の背をぞっと震わせる。振り返れば、やはりそこに想像通りの男がいた。

「……いたんですか」

「いけませんか？　ここは私の古巣でもありますので」

　そこに居たのは、高そうなスーツに身を包んだ男。背は高く、燕を見下ろすように立っていた。

　古びたヴァイオリンを片手に軽く持つ。そんな洒落た雰囲気も、不思議と似合っていて余計に癪に障る。

　優しげな顔立ちに見えるが、この男は燕を嫌い、燕も彼を嫌っている。

「喧嘩はだめよ、二人とも。仲良くね」

律子が目を尖らせて二人を見た後、にこりと笑う。

「……椅子も届くから、ちょっと見てくるわ」

そして彼女は無責任にも、あっさり外へと飛び出していった。

部屋に残されたのは燕と男。律子という光がなくなった今、二人の間に冷たい風が吹く。

「……あなた、俺が居ないときばかり狙って来ますよね」

燕は刺々しく言い返した。

彼は律子の教え子であり、律子の亡夫……柏木《かしわぎ》螢一《けいいち》の実子。つまり律子にとっては、義理の息子ともいえる存在だ。

柏木は画廊を経営している男だった。そして事あるごとにこの家に食材の贈り物を届けにくる。肉、野菜、ワイン、なんでもありだ。

……つまり彼は律子に執着している。

燕がこの家に落ち着くまでの間、この男とは嫌になるほど喧嘩をした。

「そんな意地の悪い考えをするのは、君だけですよ。今日は玄関先で失礼しようと思ったのですが、部屋にピアノが運ばれていましたし……君がいないので、力仕事が必要かと思い、お手伝いをしただけです」

柏木は机に置かれた真っ黒なコーヒーを無表情のまま、すする。律子が淹れたと思われるそれは濃厚な漆黒。重く濁っている。

「しばらく来なかったので、もう二度と来ないものかと」

わざとらしく嫌みを言えば、柏木は口の端を上げて、笑う。

「ここ一年ほど、海外を飛び回っていました。先生の絵がドイツとイタリアの田舎、両方で見つかったもので。こう見えて商売をしていますので、何かと忙しいんですよ」

「律子さんの絵が海外に？」

「先生の絵は世界的に有名と、言ったでしょう。先生の昔の絵は世界中の愛好家の個人蔵になっていましてね……ようやく目的のものを見つけたのですが、先方と折り合いがつかず……折り合いがついたと思えば先生のサインが必要だったりと、なかなか日本に戻れず苦労しました」

柏木はヴァイオリンの弓を持ったまま、歌うように続ける。

「向こうでも時折クラシックを聞いてきましたが、日本に帰ったら先生まで音楽に目覚めているとはね。懐かしついでに、久々に調弦でもしてみようかと」

アンティークな椅子にどっしりと腰を下ろして、柏木はゆったりとヴァイオリンをいじる。響く音は不協和音だが、恰好だけは様になっていた。

「……弾けるんですか？」

何でもできるんですね。と、思い切り嫌みを込めて言うが、柏木は肩をすくめただけだ。

「昔、私の友人に習いました……おや、変な顔をしましたね。私に友人がいて、おかしいですか？」

燕の表情の奥を読んだように、柏木が笑う。そして彼はまたヴァイオリンの弦を指で弾いた。

「……先生、これはしっかり調弦しないとだめですよ。一旦持ち帰ります……ああ、そうそう。それにただ遊びに来たわけじゃないんです。本来の目的は、君に修復を頼んでいた先生の絵を回収に来たんですよ」

　彼の手の中には、先日から燕が直していた田園風景の絵がある。

　それを鑑定士のような顔で眺め、柏木は顎を撫でながら目を細めた。

「なるほど、いいですね」

　美しい田園の風景。欠けた場所に、色彩を重ねた。欠けていた空の青が塗り直され、完璧に修復されたはずである。

　しかし柏木は渋い顔で顎を撫でる。

「……が、色を似せただけだ。この絵の当時の気持ちが見えてこない。真似だけなら、私にもできる。君にしかできないと思ったから、仕事を頼んだんですよ……いい線までいっているが……この色には、感情がない」

「文句があるなら」

「君にはこの絵の次に、一つ大作をおまかせしたいと考えています。それまでに、この仕事に慣れてもらわないと……それに、どうです。私に文句を言われてもう少し、塗り直したくなったでしょう？　また三日後、取りに来ますからもう少し考えて塗ってみなさい」

　彼はまるで先生のような口調でそう言って、意地悪く微笑んだ。

柏木は燕に妙に張り合うくせに、時折大人の顔を見せるのだ。

「そういえばバイトしていると聞きましたが、相変わらず悠々自適ですね。羨ましい」

ヴァイオリンをケースに片付けながら、柏木は燕を見る。

「君の大学……卒業制作……の前、秋に絵画展があるでしょう?」

「なんで知っているんですか」

「展示会に私の事務所も絡んでますので。たしかそのテーマは、家族……でしたか」

にっこりと、彼はわざとらしい笑みを浮かべた。

「まあ、また喧嘩してるのね。だめって言ったのに」

言い返そうとした燕だが、唇が開く前に律子の声が響き、言葉を飲み込む羽目となる。いつの間に部屋に戻ってきたのか、律子は早速ピアノの前に立ったまま、むちゃくちゃに弾き鳴らしていた。

音楽ともいえないその音は今の燕の気持ちにぴったりだ。

むしゃくしゃして、腹が立つ。

「家族など、君には難しいテーマでしょうね。ああ、だからバイトで逃げてるのか……取材がてら一度家に帰って、ご家族と水いらずで過ごしてみては?」

「相変わらず仲がいいね、君たち」

柏木の嫌みな声に、重なるようにまたもう一つの声が響く。

その声を聞いて、燕はがっくりと肩を落とした。

「やー、少年。久しぶり。相変わらず腹が立つくらいハンサムだねー」

振り返って、燕は静かに奥歯を噛み締める。

背後には細身の女が一人、立っている。手には紅いビロードの張られた美しい椅子が一脚。

ベージュのスーツに、赤いハイヒール、年齢は律子より一回りは下に見える。短い髪は明るい茶色で、どこからどう見ても隙がない。

彼女はハイヒールを玄関先に脱ぎ捨てると、堂々と部屋に侵入する。態度も大きければ足音も大きい。

彼女は放り投げるように椅子をピアノの前に設置する。

「律ちゃん、ほら。ご待望の椅子だよ」

ぐっと眉が寄るのを、燕はぎりぎりのところで耐えた。

しかし女は燕の気持ちなど気づきもしないように、のんきに笑う。

「将来はハゲるか腹でも出なきゃ、不公平じゃないかい。そんなにイケメンだと」

「まあ、池ちゃん。燕くんはきっと、お腹が出ても頭がつるつるでも、きっと綺麗だと思うけど」

「相変わらず少年には甘いな、律ちゃんは」

早速椅子に座ってむちゃくちゃにピアノを弾きながら、律子が楽しそうに言う。

一緒になって笑うこの闖入者は、池内《いけうち》という女。

彼女は会計事務所のオーナーであり、律子の財務関係をすべて請け負っている……ということを知ったのは、二年前のこと。

燕がこの家に暮らすと決めた頃、突然、彼女が家に闖入してきたのである。

彼女は涼しい顔で燕に名刺を投げつけるなり、領収書の束を奪って嵐のように去っていった。その間、たったの五分足らずだ。

その後、柏木から正式な引合わせがあったが、出会いのインパクトのせいで燕はいまだに彼女が苦手である。

だから燕は彼女と極力顔を合わさないように、彼女が家に現れる時は外に出るようにしていた。

だというのに、今日は苦手な二人に同時に出会ってしまった。とんでもない厄日である。

「律ちゃんはほんと、昔から赤い椅子が好きだね」

「だって綺麗だもの」

池内はうやうやしく、赤い椅子を撫でた。

律子はまるで淑女のようなポーズで、その椅子に腰を下ろしている。

相変わらずピアノの音はむちゃくちゃだが、白い鍵盤に彼女の長い指はよく似合う。それに柏木が軽くヴァイオリンの音を乗せる。音は歪んで不協和音だ。

しかし、赤い椅子に腰を下ろした律子と、画材の散らばる床に座った柏木。二人が楽器を奏でる姿は不思議と似合っていた。

それを眺めて、池内がにやにやと笑う。

「律ちゃんは本当面食いだ。そこにいる息子も、昔は腹が立つくらいに顔が良くってね」

「昔は余計ですよ。池内女史」

「はいはい。今でも十分男前だよ」

池内も柏木も、この部屋に訪れると不思議としっくりと落ち着いて見えた。

(……まただ)

燕は拳を握り締める。

この三人が揃うと燕の中に疎外感が生まれる。一人だけ、違うピースのような、そんな気がするのだ。

燕は結局、積み重ねた年月に勝てない。

先ほどみゆきの前で浮かんだ自信は、しおしおと音を立ててしおれていく。

厄日だ。と、燕は二度思った。

「……どうして皆さんが、ここに?」

「ピアノが来るって聞いたから、見に来ただけ」

池内の声は大きく、圧倒されそうになる。仕事柄のせいか、人のことを見透かすような目つきも嫌だった。

「……本当に?」

懐疑的な目で、燕は三人を見る。

「本当に、それだけですか？」

尋ねる燕に柏木が嫌みな笑みを浮かべた。

「……実は少し悪巧みを考えてましてね」

「こら。駄目。それはまだ内緒でしょ」

「すみません、先生」

柏木は冗談を言うように軽く肩をすくめて、ヴァイオリンを適当にかき鳴らす。

「こうやってると昔を思い出すね。皆が楽器にハマった時期があったな……ヴィオラとチェロは売って……そうだピアノは？」

「幼稚園に寄贈したの。教え子の数だけ、楽器があったものだから」

「運ぶのに苦労したな」

池内がほのぼのと、笑う。

「息子、でも君は昔も今も変わらず下手だな。上手な人に習ったはずなのにな」

「それを言われるとつらいですね」

柏木も池内と特別仲がいい、というわけでもないのだろう。

彼は池内に声をかけられると、やや気圧されたように愛想笑いを浮かべる。

そのタイミングで燕は、わざと音を立てて荷物を床に落とした。

「……失礼。そろそろ帰ってもらえませんか……律子さんの食事を作らないと」

「ああ、そうだった。こっちも次は柏木息子の事務所に行かないと」

呆れて燕が言えば、池内が慌てたように立ち上がる……が、ふと燕を見て動きを止めた。

「少年」

わざとらしく間延びした声で、池内がにやりと笑う。

「バイトをしたくらいじゃあ、大人にはなれんぞ、少年。早く大人になれよ」

「お節介をどうも」

池内は出会った時から今まで、けして燕の名を呼ばない。

成人をとうに超えた燕に対して、わざとらしく『少年』などと呼ぶ。だから燕もわざと、彼女たちの名前を呼ばないようにしている。奇妙な意地の張り合いだ。

「おや……それは？」

柏木も池内に引きずられるように立ち上がる……が、ふと燕の持つものに視線を送った。

「バイトの知り合いが音楽の発表会に出るので。チラシに使う絵を頼まれただけです」

燕が手にしていたのは、白い紙。そこには桜と夏生の素描が描かれている。

桜と夏生の通う教室が七月に音楽の発表会を開く。それに使うチラシの絵を、夏生から頼まれたのは数日前のこと。

ポスターに使う教室の生徒の顔を描いてほしいといわれて、夏生と桜をスケッチした。

柏木は白い紙に描かれた二人を、遠慮のない目でじろじろ見つめる。燕は急いでその紙を隠すようにひっくり返した。

「絵が描けるようになって何よりです。でも、まずは就活と卒業制作を頑張りなさい。池内女史の言うとおりだ。早く大人になりなさい」

まるで分別がある父親のような顔をして、柏木は手を振る。

やはり憎たらしい。と燕は思った。


柏木たちが賑やかに立ち去れば、部屋は一気に静かになった。

ようやく日常に戻った家の中で、燕はほっと息をついてキッチンに立つ。

(……歌う、か)

燕はタマネギを刻みながらふと、歌を口ずさむ。それは店でよく聞くジャズソング。

曲名は覚えていない。歌詞は聞き取れないが、リズムは覚えた。何というタイトルなのかも知らない。ただ、宵に似合う、とろりと柔らかな曲だった。

「まあ。歌が聞こえると思ったら、燕くんだったわ。上手ね」

踊るように律子が顔を覗かせる。ピアノに飽きてしまったのか、すでに彼女の手には筆が握られていた。

「綺麗な歌声ね、もっと歌えばいいのに」

「僕は好きな人の前でしか歌いませんが」

「もったいない」

燕の不用意な言葉にも、律子は動じない。気づいていないのか、冷静を装っているのかは分からないが。

「そういえば律子さん、昔の絵を手放したって本当ですか？」

タマネギを乱暴に切りながら、燕は世間話のように切り出す。

律子の家には、かつて多くの絵があったという。

「……たしかに今、古い絵はほとんどこの家にはありませんよね」

燕はキッチンから見慣れた室内を見渡す。

部屋の床には、律子の絵が散乱していた。

キャンバスやイーゼルの上だけではない。壁にも、天井にも彼女はどこにでも絵を描く。

今ではそこに重なるように、燕の絵も散乱していた。

このように、最近の絵は存在するが、律子の古い絵は家に一枚もない。

「まあ。あの子が喋ったの？　お喋りねえ」

律子は呆れたようにため息をつき、先日描いたばかりの壁の絵を撫でる。

「そうよ。昔、ほとんどの絵を手放したの」

律子の古い絵は、今や古い美術雑誌などに載るばかり。多くの絵は国内外の好事家の所有物となっている。

律子ははっきりと語らないが、彼女が絵を手放した『昔』とは二十年前……夫を亡くした時だろう。

「ちょっとずつ、絵が減っていって……あのときは寂しかった」

律子が絵を手放したのは、きっと傷を忘れるため。

家にあった絵も、教え子たちも、一枚、二枚、一人、二人と減っていく。極彩色の家から色が失われていく。

それは、寂しい過去だった。

そしてそのことは、燕の知らない過去だった。

「でも今になってね、いくつか取り戻したいって欲が出ちゃって。だから捜して買い戻したり……皆が躍起になって、あちこちで大騒ぎ」

まるで他人事のように、律子は肩をすくめる。

そんな律子を見つめて、燕は目を細める。

「ところで律子さん、悪巧みってなんですか？」

「それは秘密……今はね」

「じゃあ……律子さん、それ以外の秘密は、もうありませんか？」

燕がまるで子供のように尋ねると、律子ははぐらかすように笑う。

「隠し事なんかしてないわよ。年をとると過去のことを忘れちゃうだけなの」

律子の穏やかな声に、燕の目の奥がつん、と痛くなる。

「過去を思い出したら、僕が聞く前に教えて下さい」

燕は叩きつけるようにタマネギを刻む。歌をやめた途端に目が痛くなったので、なるほどみゆきの言葉は正しかった。

「あの人は、律子さん以上に過去のことをよく覚えてるようで」

「燕くんは相変わらず、あの子と喧嘩腰なんだから」

「僕が人と喋るのが苦手なだけですし、それに、あの人のほうが僕を嫌ってるので」

「そう？」

「嫉妬ですよ、多分」

吐き捨てるように言いながら、ニンジン、シイタケ……具材をできるだけ細かく刻む。

続いてよく熱したフライパンに、具材を一気に流し込む。

激しい音と煙を上げて、具材が油をふわりとまとう。そこに少し冷ました白飯を加えて一気に炒めると、小さな具材が米に絡んでいく。

苛立ちも焦りもすべてフライパンにぶつけていく。最初はただ白かったフライパンの中が、油に絡まり綺麗な茶色に染まっていく……。

米粒がぱらぱらとまるで舞うようになれば、それが合図だ。

「今日はチャーハン？」

「本当はオムライスにしようと思っていたのですが、ちょうどチャーハンを作れそうな……気分だったので」

水分なんて一つもない完璧なチャーハンを皿に盛り、フライパンを軽く洗う。続いてボウルに卵を割り入れ、ここに調味料と水溶き片栗粉。

冷蔵庫に眠っていた、賞味期限ぎりぎりのケチャップもたっぷり落とす。

混ぜると、淡い赤色の卵液ができあがった。

「卵に……片栗粉を入れるの？」

律子が不思議そうな顔で首を傾げるのを無視して燕はそれを混ぜ、再度熱したフライパンに、ざっと流し込んだ。

ふちがちりちり、と茶に染まる前に、大急ぎでかき混ぜる。卵液がドレスのドレープのように揺らめくのが美しかった。

そして卵がまだ半熟のタイミングでチャーハンの上にとろりと流し入れた。

赤い濁流が、茶色のチャーハンを覆い隠す。

まるでそれは、日が完全に暮れる直前の空の色。もしくは……。

「まあ。赤いベロアの……ピアノの椅子にそっくり！」

律子は嬉しそうに言って、皿をじっくりと眺める。

とろとろと波打つ赤い餡の下、茶色のチャーハンが埋もれている。

「天津飯の……ご飯のところがチャーハンなのね」

「まだ食べないでください、運ぶので」

今にもスプーンを構えそうな律子を制し、燕は重い皿を持つ……そして、足を止めた。

窓から不思議な音が聞こえてきたのだ。

「……雨だ」

外は宵色。それを突き破るように雨が降る。

先ほどまでの夕日は、すっかり雨雲に隠れてしまった。

「雨の薄暗いグレーの日に赤い食べ物って最高ね」

律子は歌うようにそう言うが、燕は胸がざわめく。

（そういえば、今年は雨が多くなるって予報が……）

今年は雨が多くなる。とニュースで聞いたばかりである。

同時に、桜は雨が苦手だ。と言ったみゆきの声がふと頭の中に蘇った。

「燕くん、早く、早く、ご飯、ご飯」

燕の胸中に何か嫌な予感がよぎったが、律子の急かす声がすべてをかき消す。

薄暗い室内で、ただ皿の中だけが鮮やかに光り輝いていた。

雨とカノンと豆乳味噌ラーメン

「雨……が降りそう。窓、閉めたほうが……いいかも……」

桜は動かないように気をつけて、呟く。

スカートの上で拳を握りしめ、顔は斜め上に向けたまま。

「……しれません」

聞こえてくるのは跳ねるようなピアノの音と、鉛筆が紙の上を滑る音。

それは梅雨の始まる直前、生ぬるい午後のことだった。


鉛筆の音に唸るような音が重なる……雨が降る直前に聞こえる『嫌な』音だ。

「あ……の、燕さん」

少し顔を上げると、桜の目の前に燕がいた。

目が合って、桜は慌てて顔をそらす。燕が驚くほど真剣に桜を見ていたのだ。

燕の顔は、いつ見ても端整だ。

目は少し切れ長で、不思議と目の端が赤く光って見える。

……そんな燕の目の前で、桜は今モデルを務めている。

「あ、あの……少しだけ……デッサン、止めてもらってもいいですか？」

わざと声を上げ、桜は膝と腕を動かす。ようやく燕の手が止まった。

あと一ヶ月で、音楽教室の演奏会が開催される。そうすると、いくつかの教室が合同で行う大きな発表会だ。そのポスター制作を燕が請け負った。

出演者の顔を燕が描く。まず最初にモデルとなるのは、身近にいる桜と夏生だ。

（夏生が燕さんにポスターなんて依頼するから……）

と、桜は苦い気持ちを飲み込んだ。

春が終わって夏の音が聞こえてきても、ピアノはいまだ弾けないまま。このままだと棄権を視野にいれなくてはならない。

それなのにポスターの真ん中に描かれようとしている。止めてくれ、と桜は言えない。棄権という言葉を口にすれば、本格的にピアノを弾けなくなる。そんな気がした。

「疲れた？」

燕がふっと息を吐き出して鉛筆を机の上に転がした。

「違うんです。あの……雨が降りそうだから、窓を閉めたくって」

燕の前に置かれた紙の上、そこに桜が描かれている。

斜め上を見上げた瞳、緊張するように噛み締められた唇。生々しく写し出された自分の顔を見て、桜は恥ずかしさに顔を覆いたくなる。

燕は右手首を回しながら窓の外を見た。

「さっき、晴れてたけど」

「雨が降りそうなときって、空の音が、ちょっと違ってて」

エアコンをつけるには早い時期。窓を閉めながら桜は耳を澄ます。

「……ほら。ゴロゴロって」

濁ったような雲の色がだんだんと濃くなっている。雨の降る予感に肌が粟立つ。

「こいつ、雨が怖いんだよ」

ピアノを乱雑に弾きながら夏生がせせら笑う。

「だせえの」

「うるさいよ、夏生！　もういいから、静かに練習してて！」

言い返すと夏生が口をとがらせてまたピアノを叩き始める。

「これカノンです」

……夏生の旋律は、乱雑だが丁寧だ。何度も何度も同じ旋律が繰り返される。

「聞いたことある」

燕は夏生の音に耳を傾け、目を細くする。店内に響くその曲は有名なクラシック……パッヘルベルのカノンだ。

「……実……はカノンって、この曲で終わりじゃないんです」

桜は冷えた指先を握りしめながら言う。頭の中にゆっくり音が広がっていく。

「この後にジーグって曲が繋がっていて……二楽章で一曲なんです。カノンが有名になりすぎて、ジーグは忘れられてるけど」

夏生がカノンを弾けば、続けて桜がジーグを弾く。それがいつもの流れだった。しかし桜が弾けなくなってからジーグは消えた。

夏生のカノンは、繰り返し、繰り返し、同じフレーズを繰り返す。まるで桜のジーグが入ってくるタイミングを待つように。

しかし、今、桜はその音に入っていけない。

やがて夏生はふてくされたような顔でピアノを離れて、ヴァイオリンを手に取る。

そこから溢れてきたカノンは、同じ曲でももう少し柔らかく聞こえた。

桜の指もそれにつられて窓を指で弾く。

……音は体の中に満ちているのに、まだ外に出てこない。

「夏生はいいな……」

ヴァイオリンの音を聞きながら、桜は呟く。

静かに、ゆるやかに、繰り返される旋律。カノンに関してはピアノよりもヴァイオリンのほうが好きだった。

なめらかな音が途切れずに続いていくのだ。それは音が渦を巻いているようであり、音が囁きあっているようにも聞こえる。

輪唱という言葉にこれほど似合う曲を桜は知らない。

「夏生が羨ましい？」

燕はちびた鉛筆を片付けながら、尋ねる。その声を聞いて、先ほどの独白が口から漏れていたことに桜は気づく。恥ずかしさに思わず頬をおさえた。

「……夏生、将来、教室を開くって夢があるんです。でも私……自分の夢がよく分からないから」

ヴァイオリンを弾く夏生は無我夢中だ。瞳も口元も、きゅっと固く閉じている。それはみゆきの演奏スタイルと同じだった。

夏生と桜は親の奏でる音を聞いて、音楽を好きになった。

音楽はずっと桜を支えてくれた。しかし、今になって音が桜から離れようとしている。

そして、夏生も桜を置いてどんどんと先に行ってしまう。

「……そういえば、ここの面接のとき。俺のサンドイッチ食べて料理のこと気にしてたけど、作れるようになった？」

とん、と軽い音をたてて窓が閉まる。顔を上げれば、燕が窓を閉めたところだ。

彼の目線の先には、みゆきのメモが見えた。最近、みゆきはお腹が張ることが多いらしく、三日に一度は病院通い。

みゆきのメモに書かれているのは『二人に晩ご飯の用意を』。最近は燕も手慣れたもので、夏生が嫌がっても食事を作る。

燕の料理の前では、夏生もまるでひな鳥のようなものだ。食事が出ると夏生が反射的に大人しくなるのがおかしかった。

「作ってあげたい相手って……もしかして夏生？」

燕の遠慮がちな言葉に桜は思わず吹き出す。

「まさか……私が作ってあげたいのは……えっと……お母さんです……」

言いながら、あまりの子供っぽさに顔が熱くなる。

シェフ、ご飯を作って。が、母の口癖だった。塩まみれのおにぎりも、薄い味噌汁も文句を言わず完食してくれた。料理は苦手だが、母に食事を作るのは好きだった。

しかし、最近はぐったりとした母の顔しか思い出せない。だから料理も作れていない。

春から母とどれだけ話ができただろう、と指折り数えて虚しくなり止めた。

「でも……最近は帰ってきても寝てばかりで……」

桜は目を細めて燕を見上げる。

燕は料理をする人に見えないが、作らせると抜群にうまい。口うるさい常連客も、燕の料理を素直に褒める。

ただ美味しいだけではないのだ。彼は相手のことを気遣った料理ができる。

夏生がピアノを弾き過ぎて疲れている時には、スプーンで食べられる丼を。

桜が声楽の練習で喉を嗄らした時は、すりおろしのりんごジュースを。

そんなさりげない気遣いが、燕にはできる。

「……私も、燕さんみたいな料理が作れたらいいのに」

「作ればいいのに」

燕は相変わらず表情筋が薄い。感情が出ないたちなのか、微笑むこともあまりない。それでも人を不快にさせないのはすごいな、と桜は素直にそう思う。

まるで彼は一枚の綺麗な絵のようなもの。喋っていると不思議と緊張感が解けていく。

「例えば、インスタントのラーメンでもなんでも、作れるところから」

燕の声が淡々と降り落ちてくる。

「まだ仲がいいなら、食事を作ること、話をすること、できるうちに……やっておくほうがいい……と、思う」

燕は少し戸惑うように口ごもり、やがて桜にだけ聞こえる声で囁いた。

「……うちは、家族と仲悪いから……諦めてるけど」

彼の過去を桜は知らない。聞いても教えてはくれないだろう、そんな空気がある。

言いたくないことなど誰にでもある、皆、色々な過去がある……ふと、そんな言葉を思い出して桜は動きを止めた。

どこかで聞いたことのある言葉だ。しかし思い出そうとすると、それは記憶の奥深くにぼんやりと溶けてしまった。

(誰……だっけ)

思考がまとまらないのは、雨が近いせいだろう。桜は頭を振って窓から離れる。

「やっぱり雨が近いみたい」

ガラスの向こうの空には厚い雲が流れてきていた。

「あ……雨……雷も」

ぱん、と弾ける音と同時に窓に大きな水滴が広がり、桜は思わず一歩退く。

「やっぱり……雨、降ってきました」

「本当だ」

燕の声と同時に、遠くの空が光った。

「……雨が入っちゃうから、上の窓も」

「やろうか」

「大丈夫です」

燕が手を伸ばしたが、桜は椅子を引きながら、へらへらと笑ってみせた。

「こういうの、慣れてるんで……」

後ろではまだ夏生のヴァイオリンが続いている。

室内の音は優雅だが、外から聞こえる音は不穏だ。ゴロゴロと渦巻く雷の音は低音のコントラバスに似ている。

これは雨の音ではない。雨という名前の、雷という名前の音楽だ……そう思い込んで桜は椅子に登る。自分の頭よりまだ上にある小さな窓に手を伸ばしかけた、その時。

「……わっ」

すぐ目の前で白い雷が光った。激しい音に驚いて椅子から足を滑らせる。落ちる……と固く目を閉じた桜だが、その背中を受け止めたのは意外にも力強い腕だった。

「……平気?」

低くて心地のよい声がすぐ耳元で聞こえる。恐る恐る目を開ければ、すぐ至近距離に燕の顔。桜の顔が、一気に火照った。

「つ……燕さん、す、すみません!」

転びかけた桜を支えていたのは燕の手だ。想像以上に熱くて大きな手が、桜の背中を支えていた。

「怪我が」

ふと、燕の目線が桜の右腕を見る。右腕の内側、そこに赤い筋のような跡がある。桜は慌ててそれを左手で隠した。

「ちが……大丈夫です、これ古い傷で……」

「桜っ」

気がつけば、ヴァイオリンの音が止まっていた。

「馬鹿っ……お前、手に怪我したらどうすんだよ!」

響いた低い音に驚いて振り返れば、夏生がステージから飛び降りて桜の前で目を尖らせている。

「お前、もし、また怪我して……」

夏生の言葉に反応するように雨が強くなり、閉めそこねた小窓から入り込んだ雨の滴が桜の顔を濡らす。

「怪我して……今でさえこんな状態なのに……これ以上弾けなくなったら、お前、どうするつもりだよ！」

「夏生」

震えるような夏生の声を止めたのは燕だ。

「言い過ぎだ」

燕が静かに言うと夏生は前髪をかき乱し、背を向ける。

そして階段を駆け上がっていく音が響いた。同時に雷の音が響き、桜は恐怖をぐっと飲み込む。

「燕さん、いいです……あの」

立ち上がろうとした桜だが、足のちくりとした痛みに思わず動きを止めた。

「足が」

背中の向こう、まだ不穏に響き続ける雷の音。その光にさらされて、桜は困惑したように燕を見上げた。

「足、くじいたみたいで」

背後でまた一つ、大きな雷が鳴った。

「すみません。燕さん……それに夏生のこともすみません」

想像したよりも大きな背に乗せられて、桜は固まったままそう言った。

「お……重くないですか？　あの、私、降りたほうが」

「別に」

桜は今、燕に背負われていた。どうしてこうなったのか、燕の肩を掴んで桜は震える。

店を出てすぐ雨が小ぶりとなり、雷も去った。

そのせいで、照れた顔を隠す傘も用意できない。

「すみません……あの、こんなことさせて」

あの後のこと。母から「母帰宅」のメールを受けて、帰宅しようとする桜を燕が引き止めた。そして押し問答の結果、彼に背負われることになってしまった。

燕の肩は見た目より、筋肉がある。かすかに雨に湿った肩を軽く掴んだまま、桜はじっと耐えた。

ゆらゆらと揺れ動く、この感覚は初めてのことだ。

父は身体が弱く、抱きしめてくれるだけで精一杯だった。そんな父に、おんぶなどお願いできるわけもない。

小さな時、父親におんぶをしてもらえる友人たちが羨ましくて仕方がなかった。

(おんぶって、視界が高くなって……いろんな音が……よく聞こえるんだ)

桜は恐る恐る顔を上げて、熱い頬に初夏の風を受ける。

聞こえてくるのは風のそよぐ音、木々の揺れる音、人の囁く声、子供の高い声、どこかで響くクラクション。

高い場所で聞く音は、少しだけ柔らかく響く。恥ずかしさと楽しさに、桜の顔がどんどん熱くなる。

体が熱を持つと、右腕に残った傷跡がかすかに赤味を帯び始めた。

「……腕の傷は小学校のとき……」

無言の間を持て余し、桜は思わずつるつると口を滑らせる。

この傷ができたのは、小学校の時。皆で父の墓参りへ行く途中のこと。父の命日、クリスマスの日だった。

鮮やかな色が好きだった父のために、みゆきたちとたくさんの風船を膨らませた。お花の代わりに風船が揺れるなんてきっと綺麗だ、そう思った。

その一つを夏生がうっかり手放した。それを追った桜が走り、道に飛び出し……。

「走って転んだところに車が」

気がつけば病院で、皆が桜を囲んで大騒ぎしていた。

見た目ほど大きな怪我じゃない、と医者は言ったが夏生は真っ青な顔で彫刻みたいに固まっていた。

「夏生、この傷のこと気にしてて……だから私が転けたりするのに、すごく敏感で……言い方もきつくなったのかも。私はこんな傷、平気なんですけど」

その事故のあと、母は九州への転勤を決めた。

夏生に「大丈夫だよ」の一言を伝える間もないまま、桜は九州に旅立ってしまった。だから夏生との間にはいまだに溝ができたまま。昔みたいにじゃれ合っても、どこか少しだけ遠慮がみえる。その違和感はいつも桜を寂しくさせた。

「燕さんにも冷たい言い方ばっかりしてますけど、あの子そこまで悪い子じゃ」

「ピアノ、まだ弾けない？」

燕の声が、静かに桜に切り込んだ。唐突な質問過ぎて、桜の言葉が喉の奥で詰まる。

言い訳や言い逃れは百個くらい思いついたが、どれもしっくりと来ない。結局、桜は諦めたように息を吐く。

「……え……と……みゆきさんから？」

「別に。俺が気になってるだけ」

ベルが鳴り、二人の隣を自転車が通り過ぎていく。燕は歩調を緩めて自転車を先に行かせる。自転車が去ってしまえば、また二人だけになった。

「お母さんが心配するし、発表会も近いから……頑張ってるんですけど」

……桜は燕の肩を掴み、呟く。

ピアノを弾けなくなったことを、母はまだ知らない。

知ればきっと心配するだろう。怪我をした時も母はひどく心配して大騒ぎした。それを桜は恐れていた。

桜は幼稚園の頃、父と約束したのだ。

『お母さんを守ってあげてね』

父に頼られたという事実は桜を強くした。しかし同時に桜は孤独を抑えることが得意になった。

（……あのとき……お父さん、なんて言ったんだっけ）

桜は久々に父の声を思い出し空を見上げる。父を思い出す時、空を見上げるのが癖だった。

空には赤い夕日がにじんでいて、二人の影がどこまでも伸びていく。

（お父さんは……確か）

お母さんを守ってあげて。お母さんは戦う人だから……だけど……。この後、父は言葉を続けたはずだ。それが思い出せない。桜の胸の奥、この言葉だけが引っかかっている。

「……焦れば焦るほど、弾けなくて」

「分かる」

燕は、桜にしか聞こえないような声で、呟く。それはあまりに静かすぎて、桜の中にすとんと言葉が吸い込まれた。

「燕さんも何か……経験が？」

「俺も描けなくなったこと、あるから」

「燕さんが？」

彼がまるで魔法のように絵を描いていたことを桜は思い出す。

「あんなに上手なのに？」

「桜、音楽は……」

燕が珍しく言葉をつまらせ、やがて横目で桜を見上げた。

「嫌い？」

「え？」

「お母さんが、とか発表会がとか、どうでもいいから。音楽は、ピアノは嫌い？」

夕日に照らされた目が、赤く光っている。その声は、桜の体にじわじわ染み込んでいく。

「嫌い……じゃないです」

燕は安堵するように小さく息を吐き、顔を前に向ける。

「じゃあ大丈夫。弾けなくても、笑ってごまかす必要はない、と思う」

「私、笑ってますか？」

桜の鼓動が跳ねた。ごまかすように笑いかけ……その笑顔を慌てて飲み込む。

「燕さんは……どうやって、また描けるようになったんですか？」

燕は夕日に染まった地面を踏むように歩く。やがて道の向こうにグレーの大きなマンションが見えてきた。

その家の前に着く直前、燕が顔を桜に向けて薄く微笑んだ。

「……救われた」

誰に。とは彼は言わない。

しかし燕の目の奥、彼の家で出会った女性の影が見えた気がした。


「ただいま」

「おかえり」

桜が扉を開けると、意外なことに母はまだ起きていた。嫌なことでもあったのか、少し不機嫌そうにソファーに腰を下ろしている。

勘のよい母は、鼻を動かし桜の足元を見た。

「足怪我した？　診ようか？」

「大丈夫。ちょっとくじいただけだから」

彼女が家にいる時、電気をつけないのが暗黙のルールだ。一日中、眩しい病院にいる母は、これ以上白い光を見たくないという。

仏壇に手を合わせたあと、桜は長いズボンを穿く。そうすると、白い湿布はすっかり消えてしまった。

「お母さん、眠い？」

「……別に。ちょっと疲れてるだけ。ねえ桜、どこか食べにいかない？　ラーメンとか、うどんとか……温まるもの」

不機嫌な時の母は眉に皺が寄って分かりやすい。その顔を見て、桜はふとお店に来る客のことを思い出す。

店に入ってくる時に不機嫌な人も、店を出る時には機嫌がいい。

……つまり、不機嫌な人はお腹が空いているのだ。

「じゃ……あ」

唐突に、桜の中に先ほどの燕の言葉が浮かんできた。

……作ってあげればいいのに、インスタントラーメンでもいいから。

「すぐ、作るね。ラーメンなら、すぐだもん」

「桜が？」

力強く頷いて、桜は大慌てでエプロンを手にする。

頭に浮かんでいたのは、燕が料理をする姿。

(疲れてるときは……濃い味がいいのかな。お味噌とか……)

キッチンの棚に眠っているのは、味噌ラーメンと醤油ラーメン。一瞬迷った後に味噌を手に取り、袋の裏に書かれている通り、きっちりと水を計る。

二つの鍋をコンロに置いて火を点けると、桜はゆっくりネギを切り、卵を出す。そして冷蔵庫の奥を覗いた。

(あ、確か豆乳は体にいいって……前、燕さんが作ってくれたとき……)

以前、燕がごまと豆乳のポタージュを作ってくれたことがある。豆乳は温めると、優しい味になる……そんなことを初めて知った。

それを真似て、四角い豆乳のパックも取り出す。ちょうどコンロの上では湯が沸いた頃。

乾麺をそっと沈めて箸で突く……と、湯気が指を優しく包む。

「手伝おうか？」

「いいから、あっち行って」

覗き込む母を腕で押しのけて、桜が続いて取り出したのは小さなトマトだ。

しばらく前、みゆきが持たせてくれた、母の好物の赤いトマト。ずっと野菜室で眠らせていたので、柔らかくなりつつあった。

（たしか……トマトラーメンって聞いたことあるけど……）

しばらく悩んだ後、桜はトマトを刻み、鍋に落とす。そして袋の裏側に書いてあるとおり、火を止めてから付属の粉スープをすべて溶かした。

プロが作ったものなんだから、インスタントラーメンは何をしたって美味しく仕上がる……そう言っていたのは、みゆきだったか店長だったか。

その言葉を信じて粉をいれると、ただのお湯が一気にラーメンの香りに変わる。濃厚で、とろりとした味噌の香り。

火を再度点けると、少しずつ鍋に豆乳を加え最後に卵を慎重に真ん中に……しかし卵は鍋肌にあたって白身が固まる。黄身が潰れなかったことに桜は心底安堵した。

黄色い卵に赤いトマト。それは燕が最初に作ってくれたあのメニューを思い出す。

（綺麗だと……思うけど。でも、目で食べるわけじゃないんだし、味は……）

桜はじっと鍋を見つめ、一呼吸をおいてコンロの火を止める。

「すごいじゃない、桜！」

そわそわとキッチンを覗き込む母が、桜を押しのけて目を輝かせた。

先ほどまでの不機嫌そうな色はすっかり消えて、久しぶりの笑顔が浮かんでいる。

「鍋のまま食べようよ。器に移してたら卵が崩れちゃうし」

光も音もない部屋で二人、向かい合って鍋を置く。

そして同時に鍋に口をつけて汁をすすり……桜は思わず「薄い」と呟いた。

豆乳をいれるのであれば、水はもう少し少なめにするべきだ。

「ごめん少し……水気、多かったかも」

「美味しいよ、シェフ。トマトと味噌味も面白いじゃない。美味しいものを食べると嫌なことも忘れられるね」

懐かしい名前でそう呼んで、母は笑う。その響きを聞くと桜は昔を思い出した。

「ご飯作ったの、九州以来……かも」

「あのときは総合病院だったけど……まだ早く帰れたからね」

桜は数ヶ月前の風景や音を思い出す。知り合いの誰もいない土地。母の仕事は今よりずっと少なくて、これまでの孤独を取り返すように二人は寄り添って生活をした。

夏には蝉、秋にはコオロギ、冬には雪の音が響くその家で桜はピアノを弾いて過ごした。

古いが開放的で、ピアノの音が綺麗に響く家だった。

九州は東京より緑や花の色が濃く、雨の音はしんみりと聞こえた。だからピアノの音も、少し優しく響いて聞こえた気がする。

（あのときは……弾けてたのにな）

桜はラーメンを飲み込みながら目を伏せる。

「……東京戻ってきて、ずっとバタバタで……桜には申し訳ないわ」

母がぽつりと呟く。

母の言う通り、こんなふうに並んで食事をするのは久しぶりのことだ。

「本当、みゆきにはお世話になりっぱなし。ご飯食べさせてもらってたりする？」

「うん。最近はみゆきさんじゃなくて、新しく入った人がご飯を……あ、みて、この人。キッチンのバイトの人でね。さっきも家まで送ってもらったんだよ」

桜はスマートフォンから燕の写真を探し出し、机越しにそれを母に向けた。その画面を見て、彼女の顔にぱっと笑顔が浮かぶ。

「嘘。かっこいいじゃない。夏生、嫉妬してるんじゃない？」

「うん。お客さんに人気だもん、燕さん」

ぬるい麺をすすり、ちょっと薄めの汁を飲む。最初は薄く感じたが、食べているうちにちょうどいい濃さになっていた。

濃厚な味噌に甘い豆乳、熱が入ってとろりとしたトマトの舌触りに、麺のふかふかとした柔らかさ。

噛み締めていると、二人の間に、少しだけ沈黙が落ちた。

「ねえお母さん、私の……」

トマトの酸味は味噌の甘さに不思議とよく合う。

「……お父さんってどんな人だったの？」

ずっと母に聞きたかったことが、口からほろりと溢れる。耳のどこかに、燕の言葉が残っていたのだ。

聞きたいことがあれば、聞けばいい。聞けるうちに……。

これはずっと子供の時に一度だけ聞いて、はぐらかされた質問だった。

桜は父の顔をあまり覚えていない。残っている父の顔は斜めに伏せた横顔の写真だけ。

桜が覚えているのはベッドから漏れる白い腕、ピアノを弾く白い指。桜と拳をぶつけ合った広い手の甲だけだ。

仏壇を横目で見つめて、母が眉を寄せる。まるで子供のような顔でラーメンを啜る。

「まず顔がよかった。線が細くて……肌も真っ白で。それとピアノも……私ほどじゃないけど……上手だったし、音楽だけじゃなく絵も描いて、色々器用だった。駄目なところは、写真が嫌いでまともな写真を残さなかったこと」

母の目は仏壇を見ない。思い出に壁を作るように顔を背ける。

「でも、一番駄目なことは、体が弱かったこと」

父のことを話す時、必ず母はたまらない顔をする。

「……どうしようもないけどさ」

母にもきっと過去には「色々」あったのだろう。その「色々」は母だけのもので、桜でも立ち入ることはできないのだ。

そう思うと、少しだけ寂しかった。

「ねえ桜。寂しい思いさせてる？」

まるで見抜いたように母が言い、桜は卵の黄身を思わず潰してしまった。白い豆乳味噌スープに、どろりと溶ける黄身はまるで今の気持ちのようだ。

「そんなことない。夏生もいるし……みゆきさんたちも……燕さんもいるし」

柔らかな麺をゆっくりと噛み締めて、桜は首を振る。

「大丈夫だよ」

大丈夫。何度この言葉を口にしたか分からない。多分、これからも言い続けるのだ。

大丈夫。そう言えば、母はいつも戸惑うように笑って言葉の続きを諦める。

「……そういえばみゆきから聞いたけど、来月、発表会だって」

「あ……うん、そうだね」

ぬるい豆乳の味噌スープを向かい合ってすする。二人の額には汗が浮かんでいた。

「聞きに行けると思う」

「えっ!?」

母の言葉に桜は思わず立ち上がり、転がりそうになる。足の痛みはすっかり飛んだ。胸が激しく鼓動を打ってうるさいくらいだ。

冷や汗が一筋、首の後ろを流れる。

勢いよく立ち上がったせいで机が揺れる。動揺が指の先から机に広がった。

「お母さん、あの……いい……よ。無理は……しなくても」

「前は行けなかったし、今度は行くよ。うん、見に行く。大丈夫」

忙しいだろうし、無理しないで。その言葉は母の笑顔の前で飲み込むこととなる。

代わりに桜を襲ったのはプレッシャーと、焦りだった。

まだ……桜は人前で弾くことができない。

「お……かあさん……私ね、実はね……」

「ん？」

「あ……じゃあ、お母さんに……ピアノ弾いてほしいな。聞いて練習……したいから」

「それより桜の演奏を」

「いいの。お母さん、弾いて」

食べ終わった鍋を二つ大急ぎで片付けて、母の背中を押す。桜の部屋の片隅に置かれた小さなピアノ。

重い蓋を持ち上げると、春先の冷たい風がまだそこに残っているようだった。もう、一ヶ月近くこのピアノに触れていない。

冷たい椅子に母を座らせると、彼女は少し戸惑ったように鍵盤に触れた。

「ピアノ、病院のレクリエーション室にもあって、暇なときは弾いたりしてたけど……最近は忙しくて弾けてないし、ちょっと久々かも」

ぽん。と軽い音が響く。普段はメスを握る手が白い鍵盤に触れると、不思議なくらい優しい音を出す。

桜も端の鍵盤をそっと叩いた。しかし、母のような優しい音は出ない。

「何弾く?」

「じゃあ……」

母が二つ、三つ、鍵盤を押して桜を急かす。桜は少し考えて呟いた。

「……カノンで」

「じゃあ、このあと、桜がジーグを弾くのよね」

「……」

母の指が鍵盤を押せば音が生まれる。音が重なるとそれはメロディになっていく。しかし、このあとにジーグは続かない。

外はまた淡い雨が降り始める。

カノンは、雨に似合う曲だった。

梅雨を溶かした、三色あんかけうどん

「燕！　早く！」

カルテットキッチンに戻った燕を迎えたのは、情けない夏生の悲鳴だった。

「客！　客！　客が、いっぱい！」

燕を見た途端、珍しく夏生が声を上げた。彼はこれまで手にとったことさえないエプロンを身に着けて、銀色のトレーを抱えていた。

日頃、不機嫌な表情しかみせない夏生だというのに、珍しく安堵の色を浮かべて燕のもとに駆け寄ってくる。

「一体なにが……」

「……燕、客が来た！」

見渡せば、先ほどまで静かだった店内に、客の姿がある。常連に新規の客。机は半分ほど埋まっていて、先ほどまでの重苦しさは綺麗になくなっていた。

「やあやあ。ようやくコックさんが戻ってきたな。腹が減っちゃってさ、とりあえずサンドイッチお願いします」

常連の一人が燕を見て、愛想よく手を挙げる。

「お前……閉店の看板、出してなかったのか」

「だって！……さっき……の……で……」

夏生は薄い唇を噛み、燕を睨む。言葉を飲み込んだのは桜に放った言葉を思い出したからだろう。

「……なあ……桜、怒ってた？」

「大島君、おかえり！」

夏生の蚊の鳴くような声は、明るい声に塗りつぶされる。

はっと顔を上げれば、ステージの上に大柄な影が揺れている……それは、店長だ。

彼は夏生のヴァイオリンを片手に、ステージの真ん中に陣取っている。

「いやね、みゆきちゃんの荷物取りに戻ったらさ、閉店になってないし、桜ちゃんも大島君もいないし、お客さんがいっぱいで夏生が一人でパニックを起こしてるじゃない？　面白いから、ステージの上から見てたってわけ」

「親父！」

「雨の日って不思議と混むんだよね、この店。僕がここで音楽係をしてるから……二人で頑張って」

店長はにやりと笑ってヴァイオリンを構える。店長はお世辞にもスタイルがいいとは言えない。恰好だけでいうのなら、先日の柏木のほうが幾分か様になっていた。

「まずはこの曲……ヴァイオリン・ソナタ、雨の歌」

……しかし店長の手が動くと、そこから恐ろしく澄み渡った音が流れ始める。

静まった店内にヴァイオリンの高音が響き、跳ね、広がった。

ゆるやかな……雨に似合う曲だ。のびのびと、優しく、緩やかな。

この音に引っ張られるように、また雨が降り始める。雨がガラスに当たる音とヴァイオリンの音が不思議と調和して聞こえた。

待たされているはずの客たちも、ステージに注目する。

店長のヴァイオリンは、まるで水の中で響くような美しい響きを持っていた。

「ハンバーグ！　サンドイッチ！」

手の止まった燕を、夏生が激しく揺する。

「注文！」

「落ち着け」

夏生は普段、店の手伝いなど絶対にしない。混んでくればこっそりと雲隠れする。しかし今回、誰も居ない店に客が続々とやってきて、断れなかったのだろう。

伝票に文字が乱雑に踊っていた。ホットケーキ、カレー、パフェ、ココア。

その様子を思い浮かべて、燕は思わず吹き出しそうになる。

夏生の顔は、青くなって赤くなる。慣れないエプロンも、裏表が逆である。

「あ……どうしよう、あの新しいお客さんの注文、聞き忘れてた……」

夏生は奥に座る女性の二人客をみて、表情を曇らせる。それは、初めて見る二人組だ。長く待たされているせいか、少し機嫌が悪い。

「怒ってる？　よな？」

「いいから、お前は客に水出しておけ」

焦る夏生を抑えて、燕はエプロンを身につけた。

「……いらっしゃいませ。ご注文は？」

燕は女たちの席に近づき、少しだけ身体を傾ける。

それだけで女性客はぽうっと燕を見つめた。その口から漏れたメニューを書き取り、燕はさっさとキッチンに引きこもる。

（……なるほど、武器か）

包丁を握り、燕は息を吐く。

以前、池内が燕に言ったのだ。『顔がいい』ということは一つの武器だ。使わないほうがどうかしている……と。

これまで燕は自分の顔に、興味などなかった。

褒められても、妬まれても、どうでも良かった。自分自身に興味がなかったからである。

自分の顔を好きになったのは、三年ほど前から。律子が褒めてくれたからだ。

『燕くんはとても綺麗ね』、彼女のその一言は、燕の人生を少しだけ強くした。

閉店までのあと一時間は、とんでもない忙しさになりそうだ。

冷蔵庫には大量の食材、目の前には山のような注文。

カウンター越しに夏生が小さく叫ぶ。

「燕、何ぼうっとしてんだよ、早く！」


「じゃあね、病院でみゆきちゃんが待ってるから、僕もう行くね」

最後の客が席を立ったのは閉店を過ぎた十八時十分。

客を見送った店長はヴァイオリンを片付けると、燕の手にマグカップを握らせる。

「久々に怒涛のお客さんだったねえ。全部やっつけたの、正直すごいよ。最高に美味しいコーヒー淹れておいたから、ちゃんと飲んで帰って。それに、夏生」

そして店長はにやにやと夏生を見た。

「桜ちゃんと喧嘩しただろ」

「……」

「分かるんだよ、僕とそっくりだから……みゆきちゃんと喧嘩した後の僕の顔」

夏生を揶揄しながら店長は、古ぼけた入り口の扉を開ける。

外はまだ雨。扉を開けると、湿度が部屋をさっと撫で上げる。

「内容を聞かなくたってさ、夏生が悪いって分かるよね。だって僕の息子だもん。夏生、とにかく謝っておきな。こういうのは、先に謝っておくほうが勝ちなんだから、特に好きな子相手には」

「親父！」

真っ赤な顔で叫ぶ夏生を見て、店長がせせら笑う。そして手を振りながら彼は雨の中へと消えていく。

「……あと、よろしくね。大島君」

去りゆくその声には、かすかに親らしさがにじんでいた。


店長が去ると、残されたのは燕と夏生。二人きり。

たん、たんと軽快な音が窓を叩き、二人は同時に顔を上げた。

窓に大きな雨の粒が見える。

先ほどから降り始めた雨は強まりつつあった。

「雨、多分、このまま……強くなる」

夏生が窓の外を眺めて呟く。

今年の梅雨は雨量が多い。豪雨にもなる嫌な梅雨だ。

「桜の予報、絶対にあたるから」

夏生の声に応えるように大きな雨粒が、窓にあたって弾けた。

「……なあ」

夏生が恐る恐る、燕を見上げる。

「桜、怒ってた？」

「好きな子に意地悪して許されるのは幼稚園までだぞ。ガキだな」

「性格悪いな」

「よく言われる」

二人の間に流れるのは、じっとりと生ぬるい空気である。すべてがグレーに見えるような、重苦しい空気だ。

最近はこの生ぬるい空気のせいで絵の具が乾きにくく、律子の機嫌もあまりよくない。律子に会いたい。と燕は無性に思った。彼女は毎日顔を突き合わせていても飽きない人である。

バイトを始めたことから、以前より顔を合わす時間が減った。それだけで日々の精彩が少し欠けた、そんな気がする。それが分かっただけでも、バイトを始めた甲斐がある。

「……この春の……あいつの発表会のとき……」

カウンターにうつ伏せたまま、夏生がたどたどしく呟いた。

「あの日、俺が熱出して棄権したせいで親父もおふくろも会場に行けなくて……なのに、すごい雨になって雷まで落ちて……」

絵を描く人間は、色彩に敏感である。それと同じように、音楽をする人間は音に敏感なのだろう。桜は轟音のせいで、音を見失った。

「だから俺のせいで、あいつ……弾けなくなったのに、俺、あんなこと言ったから、桜

「……傷つけた……」

夏生がとつとつと、言葉を紡ぐ。

燕は店長から渡された熱いコーヒーを一口飲む。こんな季節にわざと保温カップに淹れた、できたてのコーヒー。少し重く、濃厚な味だった。

捨てるわけにも、置いて帰るわけにもいかない。

黒いコーヒーの渦を見て、燕は少しだけ口元を緩ませた。

(夏生の話を聞いていけ、というわけか)

店長の息子に対する些細な気遣いがコーヒーに沈んでいるようだった。それは、燕が経験したことのない、親子の情だった。

「そういや、夕食まだだろう」

燕は机の上のメモを見て、冷蔵庫を探る。

メモには、二人のご飯をお願いします。と、いつも通りの綺麗な文字が書かれている。

みゆきの文字が優しく見えるのは、燕に対する信頼感が文字ににじむからである。

店長夫婦のような親の愛を、燕は受けたことがない。羨ましいと思うこともない。

ただ、美しい絵のようだ。そばで見ていると、眩しさに目がくらむ。

「温かいもののほうがいいか？」

窓の外はもう薄暗い。雨のためだけではない。夜が近いせいもある。

こんな薄暗い店の中に、落ち込んだ人間を一人残して帰るのは気が引ける。

……もし以前の燕なら、そんなこと考えもせず夏生を一人置いて帰ったに違いない。律子と暮らすようになり、彼女の感性が燕に移ってきたようだ。

（……何を作るか……）

冷蔵庫を覗けば、先ほどの客入りのおかげで食材は随分と減っていた。

ガランと減った冷蔵庫の奥。残っていたのは真っ白いうどん玉。みゆきの書いた『賞味期限間近』リストに入っているものだ。

燕はしばらくそれを眺め、悩む。

食材を見つめているうちに、頭の中にかちかちと色が重なっていく。それはやがて一つの料理となって浮かび上がった。

「俺、桜と音楽教室を開くって、小さいときに約束して……」

燕がキッチンに立てば、夏生がぼそぼそと口を開いた。

返答を求めているわけではない。ただ、声に出さなければ落ち着かない、そんな心境に違いない。だから燕は口を挟まず代わりにネギを刻む。

ネギに加えて、生姜、梅干し。燕は冷蔵庫にあった三つの色をリズミカルに刻むと、真っ白なまな板が綺麗な色に染まった。

コンロに湯を張った鍋をおく。沸き始めるとすぐ、うどんを二玉落とす。

まるで白い濁流のように、麺が湯の中で揺らめいている。

「……桜はもう約束したことも忘れてるだろうけど」

夏生の声は若く幼い。彼らはついこの間まで、中学生だったのだ。

燕は麺を湯がきながら、桜のことを思い出していた。

まだ彼女は、自分の傷に向かい合っていない。敢えて傷を見ないようにしている。

傷は傷と把握してから痛みが酷くなる。かつて燕もそうだった。

絵で負った傷を忘れるため逃げ出した燕は、律子に傷を掴まれて初めて痛みを覚えた。

しかし桜は今、笑っている。笑って傷から逃げようとしている。

（……でもまだ、桜は、音楽を嫌いになってない）

それが救いだ。と、燕は思う。

かつて燕も律子に聞かれたのだ。絵から逃げようとしている時に「絵は嫌い？」と。

あの時、燕は桜と同じ反応をした。つまり、桜はまだ、音楽を嫌ってはいない。

燕は麺をザルにあげ、空いた鍋にはうどんのつゆを注ぐ。

ペットボトルに詰めて常備されている、みゆき手作りのうどんつゆ。それはなぜか讃岐風だった。関東のものとは違い黄色が濃い仕上がりである。

鰹節や昆布ではなく、煮干しでしっかりと出汁をとっているからだ。

頭と内臓を指先でちぎり、筆先のようになったそれを、湯の中で少し泳がすだけで綺麗な黄金色が生まれる。

光る煮干しの出汁に醤油と塩と、みりんを少し。

みゆきのうどんつゆは、海の香りが濃い。それは梅雨の湿度に似合う香りだった。

沸いた中にうどん玉をいれ、梅と生姜も沈める。しばらく煮込むと、とろとろと、すべてが混じり合う。

額に浮かんだ汗をぬぐって、燕は鍋の中に、水溶き片栗粉をそっと流し込んだ。

最初は白く濁っていた汁が、加熱するごとにどんどんと透明になっていく。同時に、ぐっと重さを増した。

浮かぶ泡に、刻んだ梅干しの赤と生姜の白。

上からはらりと、ネギの緑を散らせば……それは、梅雨に似合わない、あんかけうどん。

部屋の湿度をさらに上げる、熱いうどんだった。

「小さいときは俺のせいで怪我して、この間は俺が熱出したせいで……あいつ、弾けなくなって、俺のせいで……」

優しくしたいのに。と、夏生の言外の言葉が漏れ聞こえた気がする。

そんな夏生の前に燕は小鍋ごと、うどんを置いた。

「食べろ」

「俺さあ、悩んでんだけど」

「食事を抜いてまでか？」

睨む夏生だが、その表情に反して腹の虫が鳴る。

「食べて、それから考えればいいだろう」

情けない顔をして、夏生は箸を握った。

彼が息を吹きかけると、真っ白い湯気がキッチンの天井へとゆっくり上がっていく。

「……なんでお前さ、美大生のくせに料理できるんだよ」

夏生はけして、美味しい。とはいわない。ふてくされるように、文句をつけるだけだ。

しかし文句を言いながら、それでも箸は止まらない。

つゆを吸い込んで、膨らんだ二玉のうどんは、夏生の食欲を刺激したようだった。

「食べさせたい人がいるから」

「あの……おばあちゃん？　他人だろ、変なの」

口を尖らせる夏生に、燕は少し笑ってみせる。

「いや、そのうち結婚する予定だから、他人じゃなくなる」

「……っ」

燕のさりげない言葉に、夏生は激しくむせる。顔を赤くして動揺する姿は、なるほど高校生らしかった。

気まずそうに顔を背ける夏生を見つめながら、燕は腕を組む。

「言いたいことは、今みたいにちゃんと口に出すようにしろ。ふてくされていても、誰も話なんか聞いてくれないからな……ほとんどの人間は」

燕はいつかの自分に言い聞かすように呟き、コーヒーを喉に流し込んだ。

コーヒーはちょうどいいタイミングで飲み終わった。

「とにかく桜には後でちゃんと謝っておけ」

帰ろうと振り返った時、部屋の片隅に置いてあった自分の荷物に目が留まる。

画板を入れるための四角い鞄。その片隅が開いていた。

それを見て、燕は深いため息をつく。

「……お前、人の荷物を勝手に見たのか」

鞄の中には、描きかけの作品が収まっているのだ。

それは、大学の定期展で発表予定の絵。

今年のテーマは「家族」らしい。と聞いたのは春のこと。

卒業制作に先駆けて行われる大学最後の定期展は、一番規模が大きい。もちろんその分、評価も厳しくなる。

……そのテーマが、家族である。

その事実は、燕の気分を幾分か暗くさせた。

舌打ちをおさえ、燕はファスナーを乱雑に閉める。中の絵は、あっという間に黒い鞄の奥に沈んで消えた。

燕は家族と縁が薄い。

……二十数年前、絵描きを目指し、夢に頓挫した男女が結ばれた。燕の知る両親の略歴は、たったこれだけだ。

彼らは叶えられなかった夢を息子に託し、燕はその重圧に耐えかねて一度は筆を捨てようとした。

結果、燕は絵ではなく両親を捨てた。しかしその苦しさは、まだ燕の深いところで渦を巻いている。

「人のものを勝手に見るのはやめろ」

燕は夏生を睨んだまま、鞄の奥にある絵を思う。

そこには曖昧な記憶によって描かれた父と母の姿があった。

何度描いても両親の顔が思い出せず、顔を塗りつぶした。

結局、今このキャンバスには顔のない男女に挟まれた燕自身の絵が描かれている。

「お前……なんで、人の顔、描かないんだ？」

悪気のない声で夏生が言った。そこには無邪気な明るさがある。薄暗い家庭環境など、何一つ知らない顔だ。

……店長夫婦のような親だったならまた違う人生があったのだろう……と、燕は思って虚しくなった。

「あの絵は……親だよ。俺は親の顔を思い出せない」

「なんで」

「親を捨てて家を出たから」

夏生の喉が鳴る。気まずそうに顔を伏せる。そんな幼い反応を燕は羨ましく見つめた。

「……親の期待に応えられなくなったから家を出た。それからずっと、女に面倒を見てもらってた」

「……女って、お前……」

「なんで料理ができるんだって聞いたな？　俺に料理を教えたのは親じゃない、女だよ」

燕の声に、夏生の目が左右に揺れる。

その純朴さを見て、燕はせせら笑う。

水道から落ちた水が、シンクにはねて銀の輝きが緩やかに広がる。

洗い物の方法から、うどんの作り方、お茶の淹れ方まで、生きていくための技法を燕に教えたのは様々な女たちだ。

燕の人生には名前も覚えていない女たちの淡い影がつきまとう。

「皆、お前の家族のような、いい家庭ばかりじゃないってことだ」

「そんなこと」

「俺の親はいい親じゃないし、俺もいい息子じゃなかった。だから、家族の絵が描けない……俺は家族を知らないから」

みゆきや店長と出会って、燕は驚いた。

こんなまともな家庭が存在することに、驚いた。

「お前はまだ大丈夫だ。これから大事にすればいい、桜のことも、家族のことも……」

そんな家庭に育てられた夏生の芯はまっすぐだ。自分とは違う、と燕は思う。だからここで曲がってしまうのは、もったいない。

「ほら、いいから食べろ、のびるから」

夏生は戸惑うように、黙々とうどんを食べる。あんかけで熱が逃げないせいだろう。彼の顔がどんどん赤くなる。

「……熱すぎるんだけど」

「猫舌だと思った」

「やっぱり、性格わりい」

「よく言われる、と言っただろ」

燕は床に転がしておいた鞄を手に取る。軽いはずなのに、中の絵は重い。肩にかけると、そこから冷たい空気が流れ込んでくるようだ。

「ゆっくり食べろ」

ふうふうと息を吹きかけながら食べる夏生を振り返り、燕は扉を押す。

「そのうち、気持ちも落ち着くだろ」

夏生の怒るような泣きそうな、そんな顔が燕を見送る。

外の雨は少しだけ弱くなっていた。

「やあ」

水たまりを蹴飛ばして一歩。店を出た瞬間、燕は足を止めることとなった。

「随分お忙しかったようで」

嫌な声だ。無視をしようと思ったが、気取った赤革の靴が目の前に立ちふさがるのを見て燕は諦めて顔を上げる。

酒落たダークブルーのスーツに、大げさな漆黒のこうもり傘。その下で微笑むのは……柏木だ。

「つけてたんですか、まるでストーカーだな」

「偶然です。近くに用事があったので……それに、あなたが先生以外ときちんと交流できていることを褒めてるんです」

彼と向かい合うと、先ほどまでの穏やかな気持が消えていく。

「ようやく人間らしくなりましたね」

「あなたも暇ですね」

「忙しくても、あなたに会う時間くらいは作れますよ」

しかし燕の言葉など、彼にとって痛くも痒くもないのだろう。ひさしの下に燕を誘うと、彼は燕の手に小さな袋を押し付ける。

「また、もう一つお仕事を。あとで持っていくつもりでしたが、ここでお渡ししましょう。家に行くと、君が嫌がるから」

柔らかい袋をそっと開けると、縦横三十センチ四方程度のキャンバスが現れる。

覗くと鮮やかな黄色が目に刺さった。

「これは……」

雨に濡れないように気をつけて、燕は絵をじっと見つめる。それはひまわり畑の絵だ。

律子の筆で、律子の色で描かれている……特に黄色の美しさが目を引いた。

「前にお話ししたでしょう。大作をお願いすると」

ひまわりに囲まれて、二人の男女が立っている。男女、といってもまだ高校生くらいだろうか。あどけない顔立ちの二人である。

女は男の体を強く抱きしめ、大きな口を開けて笑っている。少し体を傾けた男は、困ったように照れた顔で微笑んでいる。二人の足元には、極彩色に彩られた小さなピアノが鎮座していた。

どこかで見た記憶のある色だ。しかしそんな些細な疑問はすぐに消えてしまう……ひまわりの黄色があまりに強烈過ぎたのだ。

「これは……二十数年前に描かれた絵です」

柏木の声に、燕は思わず顔を上げる。

「二十数年前？」

律子はその頃に、夫を亡くし……そのせいで黄色という色が使えなくなった。

彼女が再び黄色を使えるようになったのは、燕に出会ってからのこと。

「じゃあ……この絵は……」

絵を持つ燕の手が震える。この絵は……ここに塗られている黄色は、かつて画壇を騒がせた本物の『律子の黄色』だ。

彼女にしか生み出せない、鮮やかで、少し寂しさをまとった色。

今、あの家には古い絵が一枚もない。そのため、キャンバスに描かれた律子の黄色を見たのは初めてのことである。そっと撫でると、そこだけ熱を持ったように温かい。

「昔、手放した絵……捜してきたという？」

「ええ。保存状態がいいでしょう。しかしやはり古いものですし不意の事故で色が落ちることもある。それを君に直してもらいたい、というわけです。この絵は特別なので、特に慎重にお願いします」

絵の全面に広がるひまわり畑。そして幸せそうな男女。

花の間を抜ける風の色まで見えそうな、そんな絵である。しかしよく見れば、いくつか色の欠けた所が見えた。

完璧な絵についた傷は燕の気持ちを暗鬱とさせる。

「前に依頼した絵、よく直せてましたね。塗り直した色がやはり良かった……今度もその調子で、頼みます」

「これは、どんなときに描かれた絵ですか？　ちょっと線が、緊張してるような」

「……分かりますか」

柏木が少し驚くように目を開き、少し悔しそうに唇を噛んだ。

「ええ、いつもより線が戸惑ってます。緊張して描いたような……」

「これは多くの人の前で描かれたものでしてね。先生もあれほど大勢の前で描くのは初めてのことで、緊張されていた……」

燕は古い空気をまとった絵を見つめる。美しい色彩だが、その中にかすかな緊張が見て取れる。

「……少し寂しい感じもします。このモデル、女子高生のほうは律子さんが初めて描いたのか……線が少し戸惑ってる。男のほうは……専属のモデルですか？　描き慣れてるようだな……」

燕は目を細め、絵をみつめる。

昔、燕は親の命令で多くの画家の絵の模写をした。それがよい練習になったのだろう。絵の癖や、絵に眠る感情を読み取ることには慣れていた。

(なんの役にも立たない技術だと……思っていたのに)

燕は絵の表面を撫でながら、思う。

温度のない絵から、律子の温度が伝わってくるようだ。

緊張の中に喜びが、楽しさがある。

(律子さんの気持ちを想像して……塗る……)

同じ気持ちに寄り添えば、きっと当時の色を復元できるのではないか、と燕は思う。

色の落ちたその場所に燕は手を添える……まるで傷を負ったようなこの場所が切ない。

修復、という言葉が胸に響く。それは治療であり、救いだ。

かつて律子に救われた燕が、今度は律子の絵を救うのだ。そう思うと、胸の奥あたりがぞくりと震えた。

「地面、茶色に少し……グレー……いや、深い紫が入ってる？　当時の絵の具があればいいんですが」

「当時と同じ道具を用意しましょう。できるだけ早く、作業にかかってください。絵の持ち主に返してあげないといけないので」

画商らしい顔で柏木は微笑み、そして一瞬の隙を突いて燕の鞄を覗き込んだ。

「初めて会ったときに比べると、随分上手になりましたね」

「勝手に見ないでください」

慌てて鞄を閉じて睨みつけるが、柏木は涼しい顔のまま。

「でも惜しい」

「どういう意味です」

「芸術家というものは繊細で、ちょっとしたことで物が作れなくなる。絵でも音楽でも」

柏木はひさしの下から雨の街並みを眺めている。

雨は強くなり弱くなり、雨粒が黒いアスファルトに跳ねている。

「何が言いたいんですか」

「トラウマと向き合わないかぎり、君の絵はいつまでも先生には近づけない」

「別に近づくつもりは」

私はね。と、柏木は低く呟く。

まるで怒ったようなその声に、燕は言葉を飲み込む。

「……君なら先生のようになれるんじゃないか、最近はそう思ってますが……買いかぶり過ぎですかね」

そして彼は手を振り雨の中を去っていく。

梅雨の重苦しい香りだけが傘の下に残されていた。

三拍子ワルツと潰れトマトのミキサーカレー

日曜日、久々に梅雨の晴れ間が広がった。

空は青く、雨の音も聞こえない。雷の音も雨雲の音も、嫌な音は何も聞こえない。

店内には二人の女性客、キッチンでは野菜を切る燕、近くの席ではわざとらしく背を向けた夏生の姿。

つい先ほどまでは客で賑わっていたが、昼を回るとぱたりと客足が途絶えた。

住宅街の中にある喫茶店なので、休日の午後は途端に暇になるのだ。

女性客の囁くような話し声だけが、怠惰な空気の中に心地よく響いている。

そんな休日だった。

(流れるように……指を……)

桜は緩やかな空気の中で、緊張の指を伸ばす。

(できる、できる、できる)

目の前にはピアノの鍵盤。つやつやと輝く、黒と白。その上に指をのせ、息をゆっくりと吐き出す。

ゆっくりと、指を沈める。音が柔らかく響いて、泣きそうになる。

夏生が、少しだけこっちを気にする素振りを見せた。

顔こそ上げないものの、燕の意識もこっちを向いている……そんな気がする。緊張で指が震えたが、ぎりぎりのところで耐える。

（ゆっくりと）

桜はたどたどしく、鍵盤を一つ押す。

（ワルツは……最初は強く……三拍目は軽く……）

幼稚園の頃、桜にピアノを教えてくれた教室の先生は、少々気難しい女性だった。

いつも黒いワンピースを着て、凛と前を向いて弾いていた。

教え方は自分勝手で、けして上手とは言えなかった。

しかしワルツを弾く時だけ、不思議な優しさをにじませる人だった。

だから桜は最初にワルツを覚えたのだ。それは三拍子で華やかな、まるで花が咲くような円舞曲。

最初は強く、三拍目は花が咲くように優しく。今から思えば、彼女はワルツに何か思い出があったのだろう。

（踊るように……）

指がゆっくりと鍵盤の上で跳ねて、震えた……まるでそれはダンスを失敗した女の子のようだった。

桜が初めてワルツを弾ききった時、先生は少し興奮気味に言った。

『楽しい曲を弾くと、楽しい気持ちになるでしょう？』

じゃあ、弾けずに終わった場合は、どんな気持ちになるのだろう。

（……怖い）

桜はピアノの上で拳を握りしめた。外はこれほど晴れているというのに、頭の中に雨の音が蘇ったのだ。

大地が揺れるような雷の音、眩しい光、停電の暗さ、人々があたふたと駆け回る音、自分の靴がフローリングに擦れて立てる、悲鳴のように高い音。

情けなさに噛み締めた歯の奥が震える。

（お母さんが……来るのに……）

あと数週間で開かれる、音楽教室の発表会。

（……どうしよう、どうしよう、どうしよう……）

ここ数日、桜は何度もピアノの前に座って演奏しようと努力した。客の前、燕の前、店長やみゆきの前。

結果はいつも同じだ。最初の一音は弾けるのに、次が続かない。今日は三音だけ、ようやく鳴らすことができた。

……ピアノの表面に泣きそうな自分の顔が映り込んでいる。

笑いでごまかすのはもう限界だ。
「俺が弾く」
桜の目がにじんだ瞬間、ぴん、と室内に音が響いた。
はっと顔を上げれば夏生が背を向けたまま、ヴァイオリンを弾き始める。
まっすぐな姿勢で構えたヴァイオリン。彼がすっと腕を引けば綺麗な高音が長く響く。
吐き捨てるような声に反して、夏生の音はいつも素直で綺麗だった。
(……夏生)
自分を拒絶するような夏生の背を、桜は切なく見上げる。
例の一件以来、夏生とはどこか気まずいまま。
夏生はきっと、桜のことを呆れているのだろう。
いつまでも弾けない桜のことを、内心怒っているのかもしれない。
(……あ、これ、ワルツだ)
情けなさに目を閉じかけた桜だが、夏生の奏でる音に目を開く。
怒っていても、夏生は桜が今一番聞きたい曲を奏でてくれる。
跳ねるようなワルツが響く。乱雑に弾いているくせに、歪みのない綺麗な音だった。
弾き始めると、夏生の耳の先が赤くなる。楽しい、とその横顔は語っているようだ。
(また……弾けなかったな……)
ため息を飲み込んで立ち上がろうとした、その時。

「ねえ、ねえ。どれが、ドの音なの？」

桜の指先に温かい指が触れた。

気がつけば、一人の女性が腰を曲げて桜の手元を覗き込んでいる。それは先ほどまで奥の席にいた女性の一人。

柔らかそうなグレーの髪、わざとらしいほどの大きなサングラス。鍵盤に伸ばされた手は見た目よりもしっかりと大きい。

そして、その指の先には驚くほど色鮮やかな絵の具の色。

「あ……の」

「律子さん、大人しく座っててください」

戸惑う桜の声に、燕の声が重なる。

その声を聞いて、女性は驚くようにサングラスを押さえた。

「あら、なんでバレたのかしら」

「当たり前だよ。変装になってない」

奥のテーブル席、彼女の連れと思われる女性が、豪快に笑った。

「変装するなら、もっと本気でしないと。少年にはバレバレだ」

突然のことに、夏生の手の動きも止まる。しん、と静まり返った店内に、燕のため息だけが響いた。

「あの……えっと」

「律子って呼んでね。で、この人は、池内。私の会計士なの」

女性は似合わないサングラスを外して、にこりと笑う。その顔をみて、桜は先日出会った、律子だとようやく気がついた。

先日は汚れた作業着を着ていたが、今日は黒と白の綺麗なワンピース姿である。

やはり不思議と華やかな人だった。薄暗い室内が、一気に華やかに色づいたようだ。

「私はただの付き合い。食事ついでに来ただけだよ」

椅子にだらしなく腰掛けているのは、きちんとしたスーツを身にまとう、池内と呼ばれた女性だ。

「大体、少年は店に入ったときから気づいていただろ？」

彼女はキッチンの燕を横目で見る。燕はつん、と顔を背けたまま。

先ほどまでの焦りや緊張も忘れ、桜は慌てて姿勢を正す。

「す、すみません、全然気づかなくって、あの」

ご注文は……と言いかけ、桜は口を閉じる。彼女の座るテーブル席には、空いた皿が山盛りだ。パフェにサンドイッチ、カフェオレにかき氷。そしてオムライス。

昼過ぎに来店した彼女たちは、驚くほどたくさんの料理を注文し、あっという間に食べ尽くしたのだった。

きっと、その時から燕は気づかないふりをしていたのだろう。

「私はもう帰る。そもそも仕事中なんだ。ばれたなら、もう一人でもいいだろ」

池内はさっさと立ち上がる。

短い髪をかき上げて、彼女は鋭い目で店内をくるりと見渡した。

「じゃあね。律ちゃん。あんまり迷惑かけるんじゃないぞ」

「もちろんよ、池ちゃん……私ね、一度、燕くんがバイトをしているところを見たかったの。でも断られたから、変装してきてみたのよ。サングラスなんて三年ぶり」

池内を見送りもせず、律子は楽しそうに店内を歩き回る。

どうすればいいのか、オロオロと桜は燕を見るが、彼は律子を無視したまま何かを刻んでいた。

がたん、と大きな音をたててキッチンの燕がミキサーを取り出す。

それはお店自慢の巨大ミキサーだ。爆音だが、氷でもなんでも細かく刻む。スイッチが押されると、店内はまるで工事現場のような賑やかさとなる。

それでも気にせず彼女は軽やかに店内を歩く。壁を見上げて撫で、音に負けない大声を上げる。

「それにね、あなたたちが遊びに来てくれないから、私から出向いたのよ」

彼女が動けば、まるで小さな嵐が巻き起こったようだ。

「壁に何もないのって寂しいわ。ここに……絵があれば、もっと素敵な壁になると思わない？　たとえばオーケストラの絵とか……」

「律子さん、ウロウロしない」

「怒られちゃった」

律子は踊るように桜のそばに近づくとピアノを覗き込む。彼女のコーディネイトは、ピアノと同じ色……たぶん、わざとだ。

律子はぽん、とピアノの鍵盤を一つ叩いて微笑む。

「ねえ、さっきのもう一度弾いてみて」

「り……律子……さん。あの、あんまり上手に弾けなくって、あの」

「あら。上手よ。私なんて、どれがドの音かも分からないのに。あなたには色々教えてほしいことがあるの。ピアノのこと、それにクッキーも作れるんですって？　燕くんはクッキーを作ってくれないの。ぜひレシピを聞いてみたくって」

カルテットキッチンには響き渡る、ミキサーの爆音。それに夏生のヴァイオリンが重なり、ひどい不協和音だ。

この音の中なら……ピアノを鳴らしても誰にも聞かれない……そんな気がして、桜はそっと鍵盤を押す。

いち、に、さん。最初は激しく、だんだん弱く。

たった三音、ワルツの始まりの音だけが、手元から響きわたる。

「ワルツ……です」

「ワルツ！」

ぱっと、律子の目が輝く。と思うと、すぐさま夏生に駆け寄って、その手を握った。途端、音が乱れ夏生の耳の先まで一気に赤くなる。

「な……な……何っ!?」

「私ね、ワルツを踊れるの、下手だけど」

夏生の悲鳴を気にもせず、律子は彼の手をとったまま。まるでダンスを踊るようにその場でくるりと回って見せた。

黒と白、ピアノのようなスカートが、柔らかく広がる。円舞曲の名の通り、まるで円を描くようだ。

「……律子さん」

固まる夏生に、笑う律子。そこに燕が入り込んで、さり気なく二人を引き離す。

相変わらずの無表情だが、白い鼻の上に少しだけ皺がある。分かりやすく不機嫌、そんな顔をしている。

燕の表情が変わるのを初めて見た桜は重苦しい気持ちを忘れて笑ってしまった。

笑うと少し気が楽になる。そんな桜を見て、燕がため息まじりに肩を落とした。

「食事、できましたけど、まだ食べられますか？」

「もちろん」

「二人も？」

律子をじっと見つめたあと、燕は取り繕うように桜と夏生にも声をかけた。

「はっはいっ」

慌ててカウンターに向かうが、机の上にはまだ何も出ていなかった。ただ、水の入ったコップとスプーンが綺麗に並べられているだけだ。

「今日は何かしら？」

「カレーです」

「え、でもカレーの匂いは……」

桜は鼻を動かした。カレーと聞いて、夏生の眉も少し動いた。カレーは好きだ。なんとなく、力が湧くような気がする。

しかし、カレーの香りはまだ漂ってこない。聞こえたのはミキサー音だけ。

「すぐできる」

燕がキッチンに滑り込むと、コンロにのった鍋を持ち上げる。鍋の中にあるのは、どろりと揺れる固まりだった。

「それ、なんですか？」

「野菜。全部ミキサーにかけた。そのほうが、煮込む時間が短くてすむから」

燕の返事は相変わらず淡々としている。律子は我慢しきれないように、カウンターから燕の隣へ。興味津々といったふうに、彼の手元を覗き込む。

「ねえ燕くん、このお鍋の中、何が入っているの？」

桜もそっと律子の後ろへ続く。コンロにかけられた鍋には重い液体がぐつぐつと煮詰められている。

「ニンジン、タマネギ、ほうれん草、ニンニクに生姜に……あと、少しナスも」

燕を見上げて、律子はいかにも嬉しそうに笑う。

「秋のパレットみたいな色になるのね。ほら、グレーが多めの複雑な色」

彼女が言う通り、鍋の中は灰色のような緑のような紫のような、例えようのない色に染まっていた。

そこに燕はカレールーをいくつか放り入れる。さらに加えたのは熟れた真っ赤なトマト。潰れかけたその皮を、燕は器用に剥く。それを潰すようにまな板の上で叩く。とん、とん、とんとリズミカルな音が心地いい。

「……トマトは嫌いだ」

「好き嫌いは聞かない」

夏生を突き放した燕は、器用に鍋を揺する。思わず桜は身を乗り出した。

夏生も気になるのか、カウンターに体を乗り上げるようにしてこちらを見ている。

まるでそれはライブのようだった。燕の手が動く、鍋が揺れ、コンロの火を強めると、野菜の香りがぱっと一面に広がった。

オーブンの中では、じゅわじゅわと音を立てて何かが焼かれている。奥のコンロには、大きなフライパン。そこに燕が器用に卵を割り入れると、たっぷりの油の中で卵がつるりと躍る。

メインの鍋がくつくつと音をたて始め、そこにルーを割り入れると、色がだんだんと茶色に染まっていく。大きな泡がボコボコと沸き上がり……トマトの赤が見え隠れ。

やがて香りは、一帯すべてがカレーとなった。

「かわいいピアノね」

「宝物……なんです」

カレーの香りにうっとりとした律子だが、カウンターの隅に置かれたピアノのおもちゃを見つけて目を細めた。

すでに塗装はいくつか剥げ落ち、傷もある。中には押しても鳴らない鍵盤もある。きっと部品が取れて壊れているのだろう。

しかしそれでも、これは桜の宝物だった。

この小さなおもちゃを器用に指先で弾く、父の細い背中をいまだに覚えている。

「そう……本当にかわいい」

律子が薄く目を細め、少しだけ切ない顔をする。

……どこかでその顔を見たことがあるようだ。何かを思い出しかけた桜だが、そんな桜の意識を不意にカレーの香りが現実に引き戻す。

「できました」

燕がカウンターに皿を置いたのだ。

白い皿にはご飯が盛られ、どろりと重いカレーがかけられた。

上にはカリカリの焦げ目がついた鶏肉と、半熟の目玉焼きが一枚。

「あ。鶏肉も使ってくれたんですね。使わなきゃって、みゆきさんが」

「余ってる食材使うのは得意だから」

燕は何事でもない顔で言う。みゆきはまもなく臨月で、ほとんど店には出てこない。彼女が揃えた食材や保存食は、燕が魔法のように美味しい料理に変えてしまう。

野菜室で眠っていた野菜、萎びたニンニクと生姜、冷凍鶏肉に、崩れかけたトマト。全部がこんな一皿に生まれ変わった……とみゆきが知ったら、きっと喜ぶだろう。

「茶色と黄色と、チキンの油っぽい焦げ茶色。とても綺麗」

うっとりと律子が呟き、手を合わせる。桜はぽかん、と律子の横顔を見た。この人は、世界をパレットのように見ているのだ。

かつて、桜が雑音から旋律を感じていたように。

「夏生、はい」

「……」

切なさを払って、桜は夏生の前に皿を置く。

一瞬嬉しそうに眉尻が動いた夏生だが、わざとらしく桜に背を向ける。

「夏生君」

桜のため息を聞きつけて、律子がスプーンを軽く振る。まるで指揮者のように。

「女の子には、とびきり優しくね」

急に声をかけられた夏生は固まり、桜は笑いをこらえる。律子は素知らぬ顔をする燕の

顔を覗き込み、

「燕くんもよ」

といった。

「存分に優しくしてますよ」

二人の間に流れる空気は独特だ。重くて熱くて……そして静寂。

二人の過去に何があったのか、桜は知らない。しかし、立ち入れない薄い膜のようなものを感じ、桜はどぎまぎと目をそらす。

窓の外は、やはり綺麗な梅雨の晴れ間だ。気がつけば空の色が少しだけ濃くなって、気温は上がり、蒸し暑い風が吹くようになった。

外を吹くのは夏の風。気の早い蝉の声。エアコンの音もうるさくなった。

夏の始まる音に、このカレーの香りはよく似合う。

いただきます。と呟いて、桜はスプーンの先でぷつり、と卵の膜を割る。

半熟の目玉焼きは先に割るのが正しい食べ方だ、と桜は母から習ったし、桜自身もそう信じている。

とろけた黄色が濁流のようにカレーに流れて目にも眩しく、濃厚な黄身がカレーに絡んで辛さがマイルドになるのも嬉しい。

「桜、卵は……」

卵は最後まで取っておく主義の夏生が文句を言いかけ……ぷいっと顔をそらす。彼の心の壁はまだ破ることができない。

それを見て、燕が薄く笑う。そんな燕を見て、律子が少しだけ目を細くした。

「燕くんは、ここで働くようになってちょっと表情が豊かになったわ。二人のおかげね」

律子はいただきます。と言うなり早速カレーを一口。すでに昼飯を食べた後と思えない食欲でカレーをするする食べると、幸せそうに目を閉じる。

「おいしい！」

桜と夏生もそれを見て、大急ぎでカレーを口に含んだ。

最初に野菜の甘い味わい、続いてスパイスの味が襲ってくる。

口の中いっぱいに、カレーの香りと、少しだけ青臭いトマトの風味。カリッと焦げた鶏肉の皮の香ばしさ。

ルーには、ざらりとした野菜の食感が残っていた。様々な野菜が刻まれ溶かされ同化して、まるで円舞のようにゆっくり口の中に広がっていく。

そしてカレーを包む卵の柔らかさ……やはり、卵は最初に割るべきだ。

「美味しい……です」

驚くほど辛いのにスプーンが止まらない。額に汗が浮かび、冷たい水が心地よく喉を滑っていく。

美味しい食事をすると嫌なことを忘れる……母親の言ったとおりだ。情けのないワルツは桜の中で離散して、気持ちが少しだけ柔らかくなる。

カウンターで揃って食べる三人を、燕が少し微笑んで見つめていた。

「……燕くんが成長していくのは楽しいけど、ちょっと複雑な気分」

「その気持を大事にしてください」

律子が呟き、燕がさらりと返す。その二人の不思議な距離感に桜と夏生は戸惑い、一瞬だけ視線が交差する。

喉を焼くカレーの味わいは、やはり夏の味がした。

過去に虹かけカラフルミックスサンドイッチ

七月に入るとみゆきは店にほとんど顔を出さなくなり、カルテットキッチンはいよいよ燕の独壇場になっていた。


金曜日。時刻は十四時を少し回ったところ。

食後のコーヒーと、歓談を楽しむ客だけが店内に残る。そんな時間帯。

一人の客がカウンター席に座って片手をあげる。

「温かい紅茶をお願いします」

「いらっしゃ……」

「真面目に仕事をして、結構なことですね」

客の声を耳にした燕はとっさに顔を伏せた。言いかけた「いらっしゃいませ」を急いで喉の奥に飲み込んでしまう。

「紅茶はミルクで。そのミルクも温めてください……あ、そうそう。砂糖は角砂糖ではなく茶色の……棚にある、そうそう。そちらでお願いします」

……燕の目の前に柏木の澄ました顔がある。

ため息を押し殺し、燕は茶色い三温糖を袋ごと柏木の前に。レンジで軽く温めただけのミルクと急いで淹れた紅茶も、無言のまま彼の前に押し出す。

「愛想のない店員だ」

柏木は紅茶にミルクと大量の砂糖を加えると、一口飲んで満足そうに笑った。

「随分、流行ってる店ですね。最初は君目的で女の子が随分増えたと聞きましたが……君が働いてる姿、隠し撮りをされてSNSで人気が出たとか」

燕の手から思わずカップが転がり落ち、慌てて受け止める。それを見て、柏木が意地悪そうに笑った。

「弁護士を紹介しましょうか？」

「……結構です。どうせすぐ流れていきますし」

「相変わらず、動じない子だ」

柏木は甘い紅茶の中にさらに砂糖を追加した。どろりとした琥珀色のそれを綺麗に飲み干すと、新たに一杯注文し……ふと、ピアノを見て目を細める。

「……この店にピアノを弾けない女の子が……いるのだとか」

店の中央、ステージの上。ピアノは寂しそうな黒の光沢を放ったまま鎮座している。

柏木がこの店の内情に詳しいのは、池内のせいだろう。あの女性は、存外口が軽い。

「最近は弾けてます……少しだけですけど」

最近、桜は少しだけ音を出せるようになっていた。

きっかけは先日、律子がこの店を訪れたことだ。その時に、三音だけ弾くことができた。

それ以降、一音、二音、三音。少しずつ彼女は前に進もうとしている。

発表会まであと一週間。一番焦っているのは彼女自身だろう。

「少しでも弾けるようになったのは、先生のおかげでしょうね。先日、先生がここに来たとか……あの人は何でも救いますからね……君とか」

ちらりと、柏木が燕を見た。

……燕は数年前、律子の手で救われた。

彼女には落ち込んだ人を引き上げる不思議な力がある。

「あなたも、律子さんに救われたんですか？」

「大島君」

意趣返しのつもりで放った言葉は、柏木の冷笑であっさり流された。

「いい男になるための秘訣を教えてあげましょうか」

追加注文の紅茶はミルクを入れず山盛りの砂糖のみ。甘ったるいそれを口に含んで柏木は澄まして笑う。

「黙して語らず」

「忙しいんでしょう。それ飲んだら早く帰ってください」

「先生に対する優しさ、そのかけらでも私に向けてもらえれば、と思いますよ」

カウンターに肘をついて、柏木は笑う。

柏木と出会って数年経つが、いまだに燕は彼の性格を掴みきれていない。

嫌みったらしく金持ち、私生活も過去も一切見せない。

三年ほど前、初めて出会った時、二人は犬猿の仲だった。どちらも律子に執着している、それが理由だ。

律子が夫と色を失った二十年前。それより前から柏木は律子と懇意である。

それが燕にとって羨ましく、妬ましい。

そして柏木といえば、律子と暮らす燕のことを妬んでいる。

「……まさか君がバイトを始めるとはね」

スプーンの上にまた砂糖を山盛りのせて、それを彼は静かに紅茶に沈める。茶色の砂糖に琥珀の紅茶が染み込んでぐずぐずと崩れた。

柏木はこうみえて、甘党だ。

律子の前ではすまし顔でブラックコーヒーを飲むくせに、だ。

「あなたに散々、働けと言われましたので」

常連客がカウンターにコーヒーチケットを置いて燕に手で合図を送る。ミックスサンドもね。と言う声に燕は頷いて冷蔵庫を開けた。

最近は桜が不在でも、簡単な客対応ができるようになっていた。数年前の自分が今の自分を見れば、きっと驚くだろう。

昔は人と向き合うことができなかった。

無気力に身を任せ、拾ってくれた女の間をブラブラと渡り歩くだけの日々だった。

あの夏の終わりの公園で律子に腕を掴まれ、世界は律子だけとなった。

しかしこの春から、ようやく外の世界に気を配れるようになった……これが成長であるというのなら、随分遅い成長ではあるが。

燕は冷蔵庫から食材を出し、パンを切る。上にバターをたっぷり塗って、トースターに放り込む。

気だるく流れるクラシックのレコードを適当に差し替えて、少しだけ音量を上げる……昼をすぎると空気が寂しくなるので、できるだけ音量を上げる。それは、みゆきの信念でもある。

「これは……この店のオーナー夫婦と……女の子のご両親ですか?」

荘厳な音楽が流れる頃、ふと柏木が壁を見つめて言った。

彼の目線の先にあるのは古い写真だ……四人の、最も楽しかった時代。

「……ええ……桜の父親は亡くなってますが」

燕は音楽のボリュームをいじりながら答える。

それは、なにかが起きそうな……そんな音楽だった。ゆったりと旋律が重なっていく。

華やかな音楽が流れると、やがて女性の透き通るような歌声が響き始めた。

「……それがなにか?」

壁に貼られた思い出の写真。そこに写るみゆきの目は、夏生の目によく似ている。

店長の柔らかい髪質は、夏生にそのまま引き継がれた。

桜の母も、桜によく似ている。血というものは恐ろしい。色がにじむように、親から子へ血が受け継がれていく。

燕のこの冷めた心も、間違いなく親から受け継がれたものだろう。

「横顔の……顎のライン、懐かしいですね」

誰が。とはいわない。しかしその写真の中で横を向いているのは桜の父だけだ。

燕は柏木から目をそらし、エアコンで冷えた腕をさする。

わけもなく落ち着かない。それを振り払うように、燕は冷蔵庫から材料を取り出しキッチンに並べた。

やはり柏木がいると、ペースが狂う。自分のペースを取り戻すように、燕は軽口を叩く。

「その人と、知り合いですか？」

「ええ」

冗談で放った一言に、予想外の言葉が返ってきて燕は動きを止めた。

「なにを」

「境川咲也、この頃は……確か十八歳だったはず。昔、先生のアトリエに在籍していました。私にヴァイオリンを教えてくれた……」

柏木は、ゆっくりと甘い紅茶をすする。指先が、流れる曲に合わせてリズムを取るように揺れている。

「……私の古い友人です」

柏木の言葉を聞いた燕の手から食材が落ち、まな板に当たって跳ねる。

しかし柏木は燕の反応を見ても、笑いもしなければ馬鹿にすることもない。ただ、何かを思い出すように目を細めた。

「私に若い友人がいておかしいですか？」

「そうではなく」

前のめりになった燕をあざ笑うように眺めて、柏木は目を細める。

「桜の父親が……あのアトリエに？」

「……昔、あのアトリエは工房であり、同時に絵の教室でした。咲也は一年だけ……正確には十一ヶ月だけ、いました。穏やかな風景描写が得意だった」

燕の頭に浮かんできたのは、先日修復した田園風景の絵だ。荒々しく若い、筆の跡。律子が仕上げた、絵。サインには……。

（S・S……境川咲也……）

燕は思わず目を見開く。

黄ばんだ写真が急に現実味を帯びた。線と線が繋がっていく……それは、縁という線だ。

「その人は……」

「病気でやめました」

「桜は……そのことを？」

「娘さんは何も知りません。だからどうぞ、ご内密に」

柏木はなんでもないような顔をして、燕の手元を覗き込んだ。

「美味しそうなサンドイッチですね。私にも一つ包んでください。どうせ今日はこのまま事務所にこもって夜まで仕事ですので」

彼の顔からは過去を探ることはできない。当時の風景も匂いも音も、聞こえてこない。

燕はうるさい心音を振り払うように、首を振る。

それでも動揺が収まっていないのか、手にとった食材が指の隙間から滑ってまたシンクに落ちる。

あの家に……律子のアトリエに、かつて咲也は居たのだ。写真ではない、本物の咲也が。

彼はあの薄暗い階段を登っただろう。扉に手をかけただろう。数ヶ月前、桜は家までやってきた。同じ場所に……かつて彼女の父がいたのだ。

そのことを、桜は何も知らない。

「どうしました？」

「柏木……さん」

燕は初めて、彼の名前を呼ぶ。その声に、彼は驚くように燕を見た。

「律子さんも……全部知ってるんですか？」

「言ったでしょう？　悪巧みをしている。と……早く手を動かしたほうがいいですよ。お客さんがお待ちだ。それに私の注文も」

柏木が腕時計の表面をとん、と叩いて急かす。同時にクラシックの音が激しく鳴って、燕の気持ちを揺さぶった。

「なぜずっと、隠してたんですか？」

「咲也の娘さんの居場所を調べてきたのは池内女史です。私を責められても困ります。私は絵を捜すため海外にいましたので……色々と知らされたのは最近のことです」

「どこまでが悪巧みなんですか。いつから、始まってたんです」

「さあ。それは先生に聞いてください。すべては先生が始めたことだ……三年前に」

「三年前？」

それは燕と律子が出会った頃だ。因果関係がわからず、眉を寄せる。しかし、柏木はそんな燕の表情など見てもいない。

「ほらほら、焼けてますよ。早く手を動かす」

柏木はわざとらしく明るく言って、トースターを指差した。

その瞬間、まるで時が突然動き始めたようだ。燕の中に音と匂いが広がる。同時に、店内のざわめきも。

慌ててトースターの蓋を開けると、黄金色に輝いたトーストが四枚横たわっていた。

熱を吸い込んだパンの表面に、追加でバターを塗り込む。粉を払い、丁寧に、そしてたっぷりと。熱を持ったバターはゆっくりと黄金色に輝いて、パンに染み込んでいった。

鼓動がうるさいほど響いていても、料理だけは平然とこなせる。料理を作る間に、気持ちが落ち着いていく。

燕が作っているのは、みゆきの得意料理であり店の人気メニューでもあるカラフルミックスサンドイッチ。

その名前の通り、キュウリと薄焼き卵とチーズ、それにカニカマを挟む、鮮やかなサンドイッチだ。味付けはマヨネーズと、辛子、胡椒とシンプルに。

パンの内側ではなく、外側にバターをたっぷり塗り込むのがポイントだった。こうすることで、かじった瞬間にバターの香りが口いっぱいに広がるのだ。

黄金に輝くパンと、赤と黄色と緑に白の具材を挟み込む。甘いカニカマが、不思議と刺激の強い辛子とよく合った。

一つは白い皿にのせて常連客まで運び、急いで作ったもう一つはアルミホイルにくるむ。

そして、はたと気がついた。

「……俺がここにバイトを決めたのも律子さんの策略ですか？」

この店を見つけたのは、律子の散策に付き合った時のこと。

いつもは気ままに歩く律子だというのに、あの時はまっすぐにこの店まで来た。

そして、まるで誘うように言ったのだ。「なんて素敵なお店」と。

燕がバイトを探していたことは律子も知っている。いいバイトがあればいいわね……などと素知らぬ顔で言っていた。

律子が偶然見つけた店、偶然貼ってあったバイト募集の張り紙……偶然だ、律子の言葉はただのきっかけだと、今までずっとそう思っていた。

「さあ……私もそこまでは。でも良かったじゃないですか。君が自ら動いたということは、なにか欲しい物でもあるんでしょう。ただし、バイトに夢中になって勉強や就活をおろそかにしないように」

柏木は相変わらず燕の痛いところを突いてくる。

店にはクラシックが静かに響き、二人の会話はカウンターの外には漏れない。

音を立てるのは古めかしいレコードだ。アンティークなレコードを、いまだにみゆき夫妻は愛用している。

今、流れている曲は、なんといったか。

燕はサンドイッチを袋に詰めながら考える。そうだ。これは最初、この店にバイトに来た時に桜が歌っていた曲だ。

「……私のお父さん、ですね。名曲です」

柏木が、ぽつりと呟いた。彼の目が一瞬、写真を見る。

あの時、この場所で二人がこの曲を奏でた時。夏生のピアノは明るく、桜の歌声も楽しそうに聞こえた。だから黄色のサンドイッチを作ったのだ。

どんな歌詞なのか、燕にはわからない。

ただ、かすれて聞こえるこの曲は、明るいくせに少し悲しく聞こえた。

それは桜の声が、顔が、頭に浮かぶからだ。

彼女の記憶の中にある『父』は、いつも横を向いている。

「なんで……俺に……このことを、言おうと思ったんです。律子さんが言えと、そういったんですか？」

冷たい指でサンドイッチを詰めて、燕は言う。柏木ならば、この事実をいくらでも隠しておけるはずだった。普段の彼ならば、そうしただろう。

「先生はまだ秘密にしておく予定だったようですよ……ただ個人的に腹が立ったので、先生の言いつけを破って君に教えることにしました」

しかし、柏木は平然と言って足を組みなおす。

「は？」

「君は今、就活からも作品の制作からも逃げて呑気にバイトなんかをしている。結局、数年前と同じ、嫌なことから逃げている。世間知らずの子供みたいに」

「……説教は結構です」

「君の家が不全なことは、知ってます」

……不全、という言葉が燕の深く柔らかいところに刺さった。

もともと絵に恐怖を覚える羽目になったのは、親の圧迫のせいにほかならない。

だから燕は逃げたのだ。あの不全な家から、律子の家に。

「あのアトリエを、先生を、逃げ場所にしていることに単純に腹が立つ。先生が黙って受け入れているのも歯がゆい」

「逃げ場所なんて思って……」

「もう一つ、ミックスサンドを」

柏木はカウンターを指先で弾いた。

「……もう一つですか？」

「いいから手を動かす」

仕方なく燕はサンドイッチをもう一つ作る。しかし今度は少し辛子を多めに。意趣返しのように、染まった黄色を見て、燕は少しだけ満足する。

「それは君のです。それを持って、家に一度帰ってみなさい。理由なんてなんでもいい。就活の相談でも」

柏木が紙幣をカウンターに置いて飄々と笑った。燕のやり口などすっかりお見通し、という顔で。

燕は慌ててカウンターを掴むが、すでに柏木は立ち上がったところだ。カウンター越しに彼は自分のサンドイッチが入った袋を掴む。

「いや、親は」

「君のトラウマを乗り越えない限り、いつまでたっても同じですよ。先生が君を少々過保護にしすぎているようですね」

アルミホイルの上で冷やされているサンドイッチは、ずしりと重い。その上を流れる曲と相まって、それは少し切ない色に見えた。

「君はいつか……先生のようになれるかもしれない、と言ったでしょう。それに、今後も先生の絵の修復を頼みたい、と。今回のことを君に話したのは、心が不安定なままでは先生の色が作れないからです。それは私にとって不都合です」

常連客のざわめきと店内に流れるクラシックのせいか、柏木の声は不思議と遠くから聞こえるようだった。

「それに私はね、早く君があの家に堂々と住めるようになって欲しいんです。そろそろ、腹を立てることにも飽きたので」

「それは……」

柏木が足を止め、戸惑う燕を見る。その目が少しだけ寂しそうに揺れた。

「……でも、急に成長するのはやめてください。先生がまた……寂しがる」

「また、とは」

「さあ？」

先生、と呼ぶ時だけ柏木の声は優しい。

「ああそうだ……光《ひかる》、ですよ」

ふと、柏木が足を止めて振り返った。

「前に名乗っていませんでしたか？」

「は？」

「私の名前です」

革靴で地面を軽やかに蹴り、柏木が去る。その背を眺めて、燕は唇を噛み締めた。

重苦しい空気の中で、かすれたような高音が響く。私のお父さん、というその軽快なリ
ズムは、パンの切れ目から見える綺麗な色相によく似合っていた。

外はまた、薄く雨が降り出していた。

最近は日が長くなったが、それでも十八時半を回ると薄暗い。重苦しく降り続く雨がその暗さに拍車をかけている。

七月に入っても梅雨はまだあけていない。

燕は傘もささず駅を抜けて、道の途中で足を止める。

目の前に、灰色の家があった。高い外壁に、灰色の壁。黒に近い青の屋根は、薄闇に溶けて黒にも見える。

重苦しい色に見えるのは自分の心のせいだろう。

大島。と書かれた銀のネームプレートを見て、燕の腕が止まる。インターホンを押そうとした指が宙をさまよう。

この家に……実家に足を運んだのは数年ぶりのことだ。

親は驚くだろうか……それとも喜ぶだろうか。燕は冷たい家の外観を眺めながら考える。

思えば、燕は両親と家族らしい会話をしたことがない。

両親は燕のことを、自分の代わりに絵を描く道具としか見ていなかった。それに気がついた燕が彼らから逃げ出した途端、両親は息子への興味を失った。

外から見える窓は明るく、賑やかな声が聞こえる。静かな両親にしては珍しい。

しばらく悩み、燕は薄暗い壁の隅に背を押し当てる。そしてポケットの奥に放り込んでいたスマートフォンの表面を二度、叩く。

実家、と書かれた文字が表面で揺れて、やがてそれは数コールで通話画面に変わった。

「……父さん、今いい？」

「燕か？」

窓の向こう、人影が動いたようだ。

それを見た瞬間、燕はここに来たことを激しく後悔した。

柏木からの突然の告白に動揺した。その動揺に引きずられ、素直に彼の言うことを聞いてしまった。

自分のトラウマを超えなければ、いつまでも律子の過去に並び立つことができない……そんな焦りが燕を動かしたのだ。

「どうかしたか」

「いや別に……元気かなと……思って」

「すまない、今ちょっと来客があって……」

父親の声の向こう、母親の笑い声が響いていた。

父の声は時々、途切れる。部屋の中に興味を惹かれるものがあるのだろう。

燕の心臓が、うねるように跳ねる。後悔と懐かしさと少しの期待と。

父の声は恐ろしく、機嫌がいい。

……だから燕は、少し油断したのだ。

「なに、楽しそうな……」

「燕は覚えているかな、叔父さんのところに一人息子がいただろう」

父親の声は珍しいくらいに弾んでいる。

耳をすませば、若い……少年のような声もかすかに聞こえる。

「あの子が、絵を描くようになって……まだ中学生なんだが」

窓の影が、少し揺れた。

父親の影だろう。カーテンの向こう、三人の影が見える。濃紺色に更けていく夜の空気の中、窓だけが白色に染まっていた。

それは、まるで額縁のようだ。

その中に揺れる三人の影にタイトルをつけるなら、それは、

(……家族、か)

燕はスマートフォンを耳に押し当てたまま固まった。

その構図は、燕が描こうとして描けなかった絵によく似ている。

「美大を目指しているそうだ。燕も父さんの好きな画家を覚えてるだろう、あのタッチを

教えたら、ぐんぐん伸びて……」

　燕の中に、冷たい風が流れた。

……カルテットキッチンで育んできた暖かい空気だとか、皆の明るい声だとか、そんなものが一瞬で吹き飛んでいく。

「父さんたちに、絵を見てくれと、今、家に来てるんだが、燕。お前も今から家に戻れないか……お前はこのタッチが苦手だったからな、きっとこの子の絵を見れば、前みたいに描けるようになるんじゃないか」

　父の声は浮き立っていた。

　燕の温度だけがどんどんと下がっていく。

「この子はきっといい絵を描くだろう、才能がある」

……この人たちはまた一人。生贄を見つけたのだ。

燕というおもちゃをなくしても、彼らは反省さえしなかった。

だから今、またこうして一人の人生を潰そうとしている。

「なあ燕。お前は、今、どんな絵を描いてる？」

父の声はまだ弾んでいた。就活のことも、生活のことも、彼は何も尋ねない。

柏木は燕のことを世間知らずといい、田中は浮世離れと称した。

しかしそれは、彼らから受け継いだ、血だ。

父も母も、世間知らずで浮世離れをしている。

これが、燕の家族だ。

「絵……は」

燕は勘違いをしていたのだ。

あたたかい『普通』の家に触れたせいで、まるで自分がそちら側の人間であるように勘違いをしていたのだ。

自分にもこんな家庭があると、勘違いをしていた。

冷えた手でスマートフォンを握りしめたまま燕は明るい窓を見上げる。

「俺は」

浮かんできたのは、律子の絵。ひまわりの……田園の……傷ついた絵。

「修復師に……なろうと思って」

「修復？」

「壊れた絵を」

「やめなさい」

燕の言葉を父の鋭い声が封じる。その声に驚いたのか部屋の中がしん、と静まり返った。

「お前は……せっかく私が絵を教えてやったのに」

燕の隣を、自転車が通り過ぎていく。

鳴らされたベルの音は、すぐ近くで聞こえたはずだ。

しかし、父親はそんなことにも気づかない。いや、興味がないのか。

「まともに絵一つ描けないくせに、人の絵を直す？　できるはずがないだろう」

燕の足元に、夜の闇がじわじわ広がっている。それは、夕日の色を飲み込んだ紺の色、黒の色、グレーがかった緑の色だ。

「……まったく、何度失望させるんだ」

その声は、足元の闇を一層深くした。


駅から律子の家までは、十五分ほど。

電車を飛び降りて駅を抜けると、少し坂道を上がり、公園を横切る。霧雨のような鬱陶しい雨が燕の顔を、髪を、しっとりと濡らしていく。

空気は重く、夏の虫の声が薄暗い茂みから響いている。

その音も色も蹴り上げてまっすぐに向かったのは、律子の家。

そこはいつもと同じように、ただ静かに鎮座している。


「律子さん」

「燕くん」

暗い階段を二段飛ばしで駆け上がって、燕は重い扉を開ける。

……極彩色に輝く室内に律子が一人、立っていた。

「どうしたの、顔が真っ青……まあ、雨に濡れちゃって」

無言で部屋に滑り込むと、燕は律子の腕を引く、彼女の細い体は燕の腕の中にすっぽりと収まった。

……それだけで空気が喉を通る。酸素が身体に満ちていく。

「燕くん？」

律子は、頭の先から爪の先まで絵の具の香りがする。

まるで、絵のようだ。絵を抱きしめているようだ。

「すっかり冷えてる。夏なのに」

動揺もせず、律子は燕の背をリズミカルに叩く。

とん、とん、とん。それはメトロノームの刻む音に似ている。

「前も真っ青な顔で帰って来た日があったわね。覚えてる？」

「……覚えてません」

律子は続いて、燕の背を撫でる。

覚えていないと燕は言ったが、それは嘘だ。覚えている。数年前も同じように実家から律子の家に逃げ帰ってきた。実家の空気に触れて冷やされた燕の心と体は、この家で、律子の手で温度を取り戻した。

「まるで、小さな子供みたい」

律子は歌うように言って、燕の手を引く。薄暗い室内、燕は一筋の光を見つけて、はっと顔を上げた。

「ひまわりの……絵」

「綺麗に直っていたから、飾ってみたの」

燕がしばらく前から修復を手掛けていたひまわりの絵が、ピアノの前のイーゼルに置かれている。

華やぐ黄色に、掠れた空の青。ここだけ時が止まったような、幸せの色彩。

壊れた場所を労るように、燕が色を重ねた。一筆一筆、絵が蘇っていった。

修復まであと一息というところ。しかし満足の行く色が作れず止めていた。自室に隠しておいたというのに、律子が見つけてきたのだろう。

薄暗い室内で見ても、その絵は美しかった。満面の笑みの女子高生と、幸せそうな男子高生……。

（誰かに……似てる……）

燕は、不意に浮かんだざわめきを、飲み込む。それは最初に絵を見た時にも抱いた印象だった。

しかしその小さな違和感は、絵を見つめているうちに消えていく。

「……黄色で思い出しました。バイト先で作ったサンドイッチ食べますか。ちょっと、辛いですけど」

ようやく落ち着いた燕は、律子の体温を惜しみながら引き離す。律子は少し微笑んで、燕の持つビニール袋を覗き込んだ。

「素敵ね。蒸し暑い夜には、とびきり辛い味が似合うのよ」

取り出したサンドイッチは、律子好みのカラフルな色合い。それを真っ白な皿に並べて向かい合う。

外はどんどんと暗くなり、時折通る車のライトだけが、部屋の天井を照らしていく。

天井には、律子の描いた雲の絵が二人を見下ろしている。夕日に染まる空を貫く、一本の飛行機雲。この絵があるおかげで、夜でもこの部屋は明るい。

「なんて綺麗なサンドイッチ！　表面にバターを塗ってるの？　香ばしくていいかおり……まあ、カニカマって珍しいわ」

外は少し乾いていたが、内側はまだ柔らかい。一口かじると、薄焼き卵の柔らかさや、カニカマの不思議な甘さ、刻んで時間の経ったキュウリの柔らかさ。その次にやってくるのは、辛子の刺激だ。

「でも辛いわ……すっごく……辛子がきいてて」

「文句はあの男に言ってください」

「誰？」

「柏木光」

「あの子が？」

「全部聞きました」

さらりと、燕は言う。しかし律子は動揺もしない。

「桜のこと、最初から分かっていたんですね。彼女がここに荷物を届けにきた、あの日から？　それとも、その前から？」

「ひどいわ。ネタばらしはいつにしようか、色々考えていたのに」

律子は子供のように頬を膨らませ、ふてくされる。

「あなたはそうやって……いつでも僕に何も言わないんですね」

燕は悔しさを押しつぶして呟く。

いつもそうだ。いつも彼女が、燕の一歩先を行く。相談も何もなく。

「そんなに頼りなく見えますか？」

「燕くんの目で」

ふと、律子が燕の顔に指を当てる。

「燕くんの耳で」

続いて耳に。

「燕くんの指で」

そして指に。

温かい彼女の手が、燕に触れてそして微笑む。

「前知識なく、あの子を見てほしかったの。私のかわいい教え子が、この世に残した女の子よ。前知識なんてあると、正しいものが見えてこないもの」

「前知識？」

「そうよ。そうね……例えば……あの絵を見て、燕くんはどう思う？」

律子はそう言ってひまわりの絵を指差す。

やはりその絵は、こんな薄暗い中でも奇跡のように輝いて見える。

燕はじっと、その絵を見た。燕が手を加えた青の色、茶色。そして、律子が生んだ黄色の渦の中、微笑む二人……。

「綺麗な……幸せそうな……」

その黄色は、少しの緊張と、寂しさを内包した色だ。

男子高生の線は細い。綺麗な顎のラインが目を引く。女子高生の頬は丸く、健康的。

二人をじっと見つめ、燕は雷にでも打たれたように固まった。

「……この二人」

なぜ、気が付かなかったのか。

カルテットキッチンに貼られた笑顔と同じ顔が、ここにある。

「カルテットキッチンの」

それは、陽毬と咲也である。

「この子が陽毬さん、そしてこちらが咲也君」

律子は絵の隣に立ち、まるで二人を紹介するように燕に向かい合う。

「彼が高校をやめてうちのアトリエに入って十一ヶ月。どうしても体調がもたなくて、やめることになったのだけど……そのときに描いたの。入院の直前、同級生たちが学校に大勢集まったお見送り会のときにね」

陽毬の名前はひまわりに通じる。だから、ひまわり畑に包まれる二人を描きたい、と律子は思ったそうだ。

しかし季節は冬。ひまわりはどこもない。教え子の一人が街中を走り回り、小さなひまわりのドライフラワーを一本だけ見つけてきた。

それを見ながら、律子は描いたのだ。

永遠続く幸せを感じる、こんな絵を。

「燕くん、綺麗に直してくれてありがとう」

「僕は……自分の絵も……まともに描けないのに……こんな大事な……絵を」

燕は絵を見つめたまま動けずにいる。

律子にとってもこの家にとっても柏木にとっても、思い出の一枚だ。それを、燕は心を込めて直せたのだろうか。適当になってはいないか。

電話越しに聞こえてきた親の罵声は、思ったよりも燕を傷つけていたらしい。

父の声を思い出すと、また手の先が冷たくなる。

この家にはまだ、二十年前の空気が残っている。大事な教え子の思い出や歴史を、燕の筆が、傷つけてはいないか。

「修復師はね、お医者様よ。傷ついた絵と向かい合うの」

「傷ついた絵？」

燕はひまわりの絵を見る。まだ傷跡は少しだけ残っている。

最初、この傷を見た時、胸が痛くなった。

完璧な絵に残された傷は、あまりにも悲しい。

「きっと、修復のお仕事は燕くんに似合うわ。だって、絵を直すだけなら描き直すほうがずっと早いもの」

律子は机の上に転がる筆を指で転がしながら言う。

「絵が好きじゃないと修復なんて無理だわ」

そして律子は少しだけ寂しそうに燕を見上げる。

「燕くんは絵で傷ついたことがある。だから直せるの」

「……律子さん、実はここの……ピアノの色が、まだ馴染まなくて」

燕は律子の筆に手をのばす。電気をつけ、イーゼルに向かい、筆を握る。

絵の中央下、そこに小さなおもちゃのピアノが描かれている。小さいが、美しい。

それはカルテットキッチンに置かれていたピアノだろう。

一箇所、色が落ちている。複雑で、輝くようなその色は再現が難しい。

……なぜ今、柏木が燕に真実を告げたのか、初めて理解した。

真実を知る前と今では、見える色の深さが違う。

「どうしても、色があわなくて……」

「ここは少しだけ特別。グレーをいれて……ちょっと青みのある……」

燕の耳に律子の低い声が、静かに馴染んだ。

燕は無我夢中に、パレットに色を広げた。筆がそれを吸い上げ、傷ついた絵がゆっくりと癒やされていく。

一筆ごとに、絵が蘇ろうとしていた。


「ああ楽しかった。そうだ、サンドイッチ、途中だったわ」

律子がソファーに沈み込んだのは、一時間もあとのこと。

浅い呼吸を繰り返していた燕は、筆をおいて深く息を吸い込む……花の匂いも土の匂いもしない。ただ絵の具の香りだけだ。

しかし、花が香ってきそうなほど、目の前の絵は完璧なものとなっていた。

また律子は大きく口を開いてサンドイッチを食べる。すっかり辛子のことを忘れていたのだろう。辛さに驚き、彼女は口を閉ざす。

眉を寄せる律子をみて、燕は少し笑いそうになる。

「律子さん、ありがとうございます」

「私は何もしてないわ」

胸の中に広がった虚しさや苦味は、この辛さに持っていかれたようだ。

「でも、お礼をしてもらうなら……あ、そうだ。ねえ燕くん、クッキーを焼いてほしいの。

「特別なクッキーよ」

「クッキー？」

サンドイッチをゆっくりと味わいながら、律子が言う。

「どうしても食べたいクッキーがあるの」

律子が溜め込んでいる料理の本を適当にめくり、燕はクッキーの項目を探す。

古めかしい「お菓子の本」にはずらりと甘いレシピが詰まっていた。粉を振るう、混ぜる、整える、焼く。

もともと燕は甘いものを好まない。しかしこうしてみると、甘いものは料理以上に丁寧で時間の流れが緩やかだ。

「材料は……ありそうですね。早速作りましょうか」

バター、小麦粉、卵、砂糖。材料は驚くほどシンプルだった。

燕は本に書かれている通り、黙々とミルク色の生地をまとめる。

「律子さん、色は？」

「特別な色を用意するわね」

律子が取り出したのは、赤に青に緑の小さな飴だ。それを袋に入れて潰す、砕く。

その間に燕は生地を冷やし、冷えたものを大きく広げる。

夜中に近い時刻。壁にかけられた時計から、時を刻む音だけが聞こえる。その中で行うお菓子作りは、まるで現実味がなかった。

「まずは少しだけ焼いて、それから飴を流し込んで、もう一度焼くんですって」

生地から型を抜くと、彼女はその型の中央をさらに丸くくり抜いた。

一見するとドーナツのような形になったそれをオーブンでほんの少し、きつね色になる程度焼いてすぐに取り出す。

そして、くり抜かれた真ん中の穴に砕いた飴をさらさらと流し込む。

赤色、緑色、青色。宝石のかけらのような輝きが、綺麗に穴の中におさまった。

「飴？　クッキーに……ですか？」

「これね、桜さんの得意なクッキーなの。覚えてる？　あの子がお店で配っていた美味しいクッキー。この間お店に行ったとき、こっそり作り方を聞いてみたのよ」

律子は胸を張って笑う。彼女が持つトレーには、飴が流し込まれたクッキーが整然と並んでいた。ケミカルな色合いは、蛍光灯の明かりを反射して眩しく輝く。

……そして、律子は再びそれをオーブンの中へ。赤い光と熱に照らされて、飴はふつふつと蕩けて……輝く。

そうこうする間に、時刻はまた更けていく。開けた窓から、外を通る酔っ払いの歌声が聞こえる。

それは苦しみも悲しみもないのんきな声で、ふと燕は桜と夏生を思い出す。

彼らの発表会まであと少し。

彼らはあれほど、呑気に歌えない。

(今は……桜に何も言わないほうが、いいな)

燕は律子の横顔を眺めながら、そう思う。少なくとも、発表会が終わるまでは秘密にするべきだ。

「……律子さん、桜のことですが」

オーブンの赤い光に照らされて、律子が微笑む。

「そうね。秘密にしておきましょう……そのときが来るまでは」

……やがてオーブンから、終了を知らせる音が響いた。蓋を開ければ、部屋中にバターの香りが満ち溢れる。

焼けたバターの甘く、香ばしい香り。律子は幸せそうに深呼吸するとオーブンを覗き込んで飛び跳ねた。

「みて、ステンドグラスのクッキー、美味しそう！　後はしっかり冷やすんですって」

オーブンの中で広がるのは、赤に青に緑の輝き。

くり抜かれた穴の中に、カラフルな飴が溶けて広がっている。まるで宝石を抱いたクッキーだ。

それは、幸せな風景に見えた。

二人並んでオーブンを覗き込む。

「もっと大きなオーブンでたくさんクッキーを焼きたいわね、燕くん」

自分よりも小さな律子を上から見つめ、燕は拳をきゅっと握りしめた。

「桜にクッキーの作り方を聞いたのも、今知りました……他に僕に隠し事は？」

「そうねえ」

オーブンの放つ光の名残に照らされながら、律子は首を傾げた。

「ないわ……きっと」

きっとそれは嘘だろう。

と、燕は思う。しかしそれが分かっても、以前ほどの悔しさや焦りはなかった。

「そうですか」

バターの甘い香りに包まれて、燕も苦笑する。

甘いクッキーの香りが燕の中から父親の声や、影絵のような風景を押し流していく。

「きっと、いつか……全部僕に教えて下さい」

……まだ先は長いのだから。と、甘い空気を飲み込んで、燕は言葉の後半を飲み込んだ。

雨のソナタの飴色クッキー

今日は人生で一番、最悪の日だ。

カルテットキッチンのステージの上。少しだけ高くなったその場所で、桜は膝を抱えて座り込む。

キッチンカウンターの足元におもちゃのピアノが転がっていた。それを見ても、桜はそっと目をそらす。

(本当……最悪……)

幼い頃は毎日遊び、ずっと大事にしてきたおもちゃのピアノ。

大事なピアノなのに、駆け込んだ勢いで床に落としてしまった。

普段なら慌てて救い出したはずだ。しかし、今はそれをじっと見つめるだけ。

(……最悪……最悪)

桜はピアノから目をそらし、抱えた膝の中に顔を押し込んだ。それでも、悲鳴のように響いた高音が耳を離れない。

雨のせいで妙に冷える日だった。むき出しになった足がどんどん冷えていく。

湿度が高いせいか、窓まで歪んで見える。

……いや、桜の目に浮かんだ涙が風景を歪ませているのだ。

『いつもそうだよね』

桜の頭の中、デジタルの冷たい文字が蘇る。

それは薄暗い部屋の中、ベッドの上に腰を下ろしたまま、無我夢中に打ったメールの文字列。

文面は、桜自身の声で再現される。

『いいよ。だってお母さん、お仕事が忙しいんでしょ』

メールの送り相手は母親だ。

『期待もしてなかったし』

発表会前日、学校帰り。

桜が自室についた瞬間を狙ったように、桜のスマートフォンが震え、母親からのメールが届いたのだ。

『ごめん、電話、してもいい？』

メールに読点が増えるのは、何かやましいことがある証拠。

桜の中に百個くらいの嫌なことが思い浮かぶ。そのうちの一つ、一番当たってほしくない嫌なこと、がアラートのように頭の中で警告音を鳴らす。

こんな時、嫌な予感ほどよく当たるのだ。

とっさに『今電車の中だから、あとにして』と、嘘を打ち込んだのは、母の声を聞きたくなかったからだ。

そんな桜の些細な抵抗はすぐに破られることとなる。

『明日、仕事で、緊急事態。発表会見に行けなくなって』

その揺れるような文字を見た瞬間、桜は無我夢中に文字を打ち込んでいた。

声に出すより、文字にするほうが辛辣に響く。わざとその辛辣さを見せつけるように、桜は文字を打ち続けた。

『いつものことだよ、慣れてる。どうせ仕事でしょ。それなら最初から行くなんて言わなきゃいいのに。

『……もう二度と来なくていいよ。どうせ私のピアノなんて興味ないんでしょ。お父さんがいたらよかったな』

(お父さんならきっと無理してでも、来てくれたのに)

最後に思わず打ち込んだ一言。そのあまりの冷たさに桜は震えた。

放ってしまった文字は、もう取り返しがつかない。

返信が来るより先に、桜はスマートフォンを枕の下に押し隠す。

そして何も持たないまま、外の雨に飛び出していた。

カルテットキッチンにたどり着いたのは十分前、カウンターに突っ伏した勢いでピアノが落ちたのは三分前。

小学生の子供のような……馬鹿らしい、子供っぽい、ただの爆発。

(燕さんは今日……バイトじゃないし、夏生も居ない……居たら気まずいけど……)

桜はそっと顔を上げて店内を見渡す。

キッチンに明かりを一つ灯しただけの店内は薄暗い。とん、とん、と、シンクに水が落ちる音だけが響いている。

(みゆきさんにも店長にも今は頼れない……)

みゆきに陣痛が来たのは昨夜のこと。

心配する桜に「ここからが長いの」とみゆきが苦しそうにウインクをした。

夏生の時も三日かかったという。だからこそ不安な桜だが、大丈夫、大丈夫。とみゆきは笑った。

それから一日近く経つが、まだ連絡はこない。

(誰にも……頼れない)

冷蔵庫の表面に、夏生のメモが乱暴に貼られている。おふくろの病院。それだけの短いメモだ。

夏生との間に起きた小さな諍いは悲しいくらい尾を引きずっていて、昔の関係に戻れないまま。

それでも夏生は律儀に、出かける時は冷蔵庫にメモを残していくのだ。燕が見ても桜が見ても分かるように。メモを残すのは、みゆきから受け継いだ癖なのだろう。

（……駄目だ。やっぱり、ちゃんと謝らなきゃ）

桜はのろのろと、立ち上がる。体を拭くのも忘れていた。じっとりと湿った制服が重い。

（ああ。スマホ……家においてきちゃったな……家に帰って、もう一回お母さんに、メールして……）

膝に張り付くスカートを剥がしながら、桜は肩を落とす。

その時、肩に淡い光が差し込んだ。


「お店、いいかしら」

低い音をたててカルテットキッチンの扉が開く。隙間から差し込んだ光は、雷の光だ。

びくりと肩を震わせて、桜は恐る恐る振り返る。

「すみません、お店……今日、お休みで……」

表に閉店の看板を出し忘れていたことを、桜は思い出した。

「誰も……いなくて……」

……が、そこに見慣れた顔を見て、思わず目を見開いた。

「律子……さん？」

そこにいたのは、紛れもなく律子だ。今日は紫色のレインコートを身にまとい、目にも鮮やかな花柄の傘を持っている。

「あら、残念。でも良かったわ、桜さんがいてくれて」

まるで花を花瓶にさすように、律子は傘立てに傘を置いた。

「燕くんがクッキーを焼いてくれたから、おすそ分けにきたの。一緒にどうかしら」

律子が動くと絵の具が香る。彼女からはまるで美術館のような香りがする。

「どうしたの？　顔真っ青よ、大丈夫？」

律子は桜を気遣うように覗き込むが、カウンターの向こうに転がったピアノに気づいたのだろう。彼女はそれをそっと持ち上げる。

「あらあら。落ちちゃったのね」

その手は、優しい。そっと持ち上げて、抱きしめる。まるで自分のむき出しの心を抱きしめられているようで、桜は唇を噛み締めた。

「でも大丈夫。形があるものなら、なんだって直せるもの」

彼女の指が、ぽん。と鍵盤を弾いた。健気にも音が鳴る。それを聞いて、桜の中に安堵と罪悪感が広がった。

「……桜さん、大丈夫？」

「いえ、ごめんなさい。大丈夫です。お店、今日お休みなんです。燕さんもいないし、お料理は無理だけど……あ。そうだ、せめてコーヒーでも……」

慌てて立ち上がりキッチンに駆け込む。キッチンには店長自慢の海外製コーヒーグッズがずらりと揃っていた。

それを一巡見た後、桜は棚から夏生用のココアパウダーを取り出す。

「すみません……やっぱりココアでもいいですか？」

「大好きよ」

律子の笑顔を見て、桜も思わず笑みが浮かぶ。昔から、ココアは得意だ。

ココアが好きな夏生のために、美味しい淹れ方を勉強したのだ。

（……いきなり粉を牛乳に混ぜるのは駄目）

小さなミルクパンを弱火にかける。真っ黒なココアパウダーを軽く炒って、ちょっとずつ水を加えてこねていく。まるで黒い団子のようなつややかな塊になるまで、ゆっくりと慎重にこねていく。

この緩やかな動作が、桜の心をゆっくりと落ち着かせていった。

「あ。音楽……何か流しますね」

部屋は静かで、窓を叩く雨の音しか聞こえない。

雨の音をごまかすようにラジオをつけると、激しいピアノの音が鳴り響いた。

驚くほどに激しい音だ。怒り狂うようなその音は、やがてなめらかなリズムを刻み始めた。桜は無意識のうちに指を動かす。

「……悲愴です。ピアノソナタ」

「名前、聞いたことあるわ。こんな曲だったかしら。私、音楽に疎くって……悲しい、切ないって意味なのに、とても激しい曲なのね」

それはベートーヴェンの悲愴だ。激しい音から始まる第一楽章より、二楽章のほうがよく知られている。

一楽章は力強くリズムを刻む。その音を聞きながら、桜はココアに向かい合った。

こねるごとに、不思議と悲しみが薄れていくようだ。

「二楽章が有名で……そっちはもっと静かで切なくて綺麗な旋律なんです。耳が聞こえなくなった頃のベートーヴェンが作った曲で」

ミルクパンに出来上がったのは、重いココアの塊。そこにミルクを少しずつ加え……そして、最後は砂糖をたっぷりと……。

「あ。砂糖が少ない……どうしよう」

茶色の砂糖は残りが心もとない。戸惑う桜に、律子が優しく声をかけた。

「冷蔵庫に……何かないかしら？」

「待ってください……あ」

「何かあった？」

冷蔵庫の奥、赤い輝きが桜の目に止まる。

「……イチゴのジャムが」

「綺麗な赤ね。きっと燕くんのジャムよ。ねえ、それを入れてみない？」

律子は瓶を見て、楽しそうに言う。不思議なことに彼女は色しか見ていない。色を見るだけで、燕が作ったと断言する。

その言葉に押されるように、桜は戸惑いながらジャムをひとさじ、ココアに落とす。赤いジャムはすぐにココアの中に沈んで消えた。

「ココアに……ジャム？」

「ガトーショコラにジャムって合うじゃない？　それと同じ」

「どうぞ」

「ありがとう……あったかい」

ココアを差し出すと、律子は幸せそうにそれを両手で包み込んで、口に含む。そして目を閉じて音に耳を傾けていた。

桜も、つられてココアを一口。

とろりと甘いココアの奥から、ふわりと甘酸っぱい香りが漂ってくる……まるでケーキみたいなココアだった。

「悲愴、最初は怒っているような曲だったけど、だんだん曲の感じが変わるのね」

律子はうっとりと、ピアノの音に耳を傾ける。桜もラジオをじっと見つめた。

「……一楽章はちょっと怒ってる風に聞こえて、次は焦る感じになって、二楽章で緩やかな音色になるんです」

やがて大きな音を立てて一楽章が終わると、打って変わって優しい音色に移り変わる。

それが、二楽章だ。

「……死の受容過程っていうのがあるのだけれど、それに似てる」

律子は難しい言葉をすらりと言う。

「否定して怒って、あがいて落ち込んで、そしてやがて受け入れていく」

受け入れるのは死だろう。

しかしベートーヴェンは命ではなく聴力を失った。それは、死と同じ感覚だ。規模は違うが、桜も今その恐怖を味わっている。

じわじわと、音に裏切られていく感覚だ。指から音が消えていく。そんな感覚だ。

(お父さんも……そうだったのかな)

桜はココアの黒い表面を眺める。その向こうに、父の顔が浮かぶ。真正面の顔は忘れてしまった。今、桜の記憶にあるのは横顔の父だけだ。

桜と拳を合わせて、お母さんを守ってあげてね。と、言ったあの時。父はもう自分の未来を受け入れていたのだろうか。

「どうかした？」

「あ、いえ。なんでもないです」

「燕くんもね、あなたと同じなの」

ココアを飲みながら、律子がまっすぐ桜を見つめた。

「何かあっても、絶対に言ってくれないの」

目の大きな女性だ。やはり、どこかで見たことがある……桜の中に様々な記憶が蘇っては消えていく。

黒いワンピースのピアノ講師、厳しかった小学校の音楽教師に、九州で出会ったおおらかな人たち。そのどこにも、律子のような女性はいない。

律子は壁に貼ってある四人の写真を見て、少しだけ悲しい顔をする。

「それは寂しいことだわ」

「……お」

桜の唇が、震えた。震えを止めるためにココアを一口、含む。

イチゴココアの甘さは、桜の口から言葉を引きずり出した。

「……お母さんが来る……はずだったんです……発表会に」

言葉がくるくると頭を回り、思いついた先から声に出る。脈絡もなければ、説明もない。

ただ、言葉の羅列だ。しかし、律子はまっすぐ桜の目を見て聞いてくれる。

「でも……私、この春から……ピアノが……弾けなくて……だから、発表会を棄権しようって思って……でも……お母さんが来てくれるから、ちゃんと、弾けるように」

ここ数日は必死にピアノを弾いた。人前でも弾けるように。

「いっぱい……練習して」

人前だと最初は三音しか出なかった音も、段々と弾けるようになっていた。

引きつりながらでもようやく一曲を弾き終えたのは、今日の放課後。ずっと応援してくれていたクラスメートたちは、歓声を上げて喜んでくれた。

……母から連絡を受けたのは、その直後。

「なのに、お母さん、行けないって……仕事で……だから、もういいよ、来なくていいよ……なんて、言っちゃって」

律子の表情は静かだ。あまりに動かないので、まるで一枚の絵に向かって話しかけているような気持ちになる。

「……お父さんなら来て……くれたのに……ってひどいことを言って……しまって」

ラジオではちょうど、悲愴が終わったところだ。わっと、華やかな拍手が聞こえる。

桜もステージの上で何度もその称賛を受けた。地面が揺れるような心地よい拍手は最高のご褒美だった。

その瞬間、桜ははっと現実に引き戻された。同時に、耳まで一気に赤くなる。額から汗が流れ、心臓がどくどくと音をたてた。

まだ出会って数回の人に、話すような内容ではない。

「す……すみません、ラジオ、変えますね」

桜は会話を打ち切って、ラジオを適当にいじる。店長の趣味でもある古いラジオはボタンが多く、使い方がよく分からない。

何度もボタンを押せば雑音のあと、ニュースキャスターの声となった。

「えっと、えっと……」

「……ニュースでいいですよね」

律子の顔を見ることもせず、桜はさっさと空っぽのミルクパンを掴む。

雨の日は気持ちが沈み込むのだ。そのせいで、律子に変なことを言ってしまった……それだけのことだ。

「片付けたらもうお店、閉めて私も帰ります。もともと休みだったし」

早く片付けて店を閉めて、母にメールを送る。そのほうがずっと建設的だ。そう思った。

「だから律子さんも……」

言いかけた桜の言葉に重なるように、ラジオから「次のニュースです」と、静かに響く。

キャスターはできるだけ静かに声を出すように教育を受けている、と聞いたことがある。

落ち着き払ったニュースキャスターは、今日の昼過ぎ、幹線道路で発生した、大きな土砂崩れのニュースを淡々と読み上げていた。

「これ……お母さんの、病院の近くの道路だ」

地名を聞いた瞬間、桜の手からミルクパンが滑り落ち、床で激しい音をたてた。

アナウンサーはなおも淡々と言葉を読み上げる。折からの激しい雨のせいで、幹線道路のがけ崩れ。怪我人複数。

母からのメールの文面が頭の隅にぽかりと浮かんだ。

『緊急事態』、そんなことが書いてあった。

「お母さんにひどいこと、私」

がくがくと、桜の手が震える。

急いで打ったと思われる、メールの文面を思い出して桜の体の奥がきゅっと冷えた。

「お母さん……お医者さんなのに……」

これまで何度も、母親は『緊急事態』という言葉を口にした。

春の発表会に来られなかった理由だって、緊急事態だ。昨年の春も、その前の夏も。

何度も緊急事態はあった。そのたびに、母はボロボロになるまで働いていた……戦っていた。

母は、医者である。

冷たくなった指が震える。腕をさすると、そこに古い傷がある……幼い頃、事故でできた傷。感情が高まると、その傷はいつも赤く火照る。

(そうだ……あの日も、雨で)

桜が事故にあった日。あの墓参りの日も確か雨だった。病院で目覚めた時、雨の音だけがうるさかった。

目を覚ました時、ベッドサイドに母が立っていた。白衣のまま駆けつけてきたのだろう。

薄暗い部屋に浮かぶ白衣が凛として綺麗だった。

しかし、どんな怪我を見ても動じないはずの母が、横たわる桜を見て激しく動揺していた。起き上がった桜を無言で抱きしめた手が、ひどく震えていたことを覚えている。

そして母は数日後に九州行きを決めたのだ。その時は何も思わなかったが、今になって桜はようやく理解する。

(……私の、ためだ)

それからの母は桜とずっと一緒だった。しかし、母の顔は精彩を欠いていた。

九州の色鮮やかな日々の中、母だけがどこか薄暗かった。

そんな二人のもとにニュースが飛び込んできたのは、桜が中学三年の春。

昔、父と母と桜が暮らしていた家……九州に発つ際に売り払ったその家がもらい火を受けて焼失した、というニュースだった。

住人は巻き込まれ、怪我をした。ひどい怪我だという。飛ぶように東京へ戻った二人は、変わり果てたかつての家を見た。

思い出が燃えた匂いと、家の断片を燃やしてくすぶる煙。むき出しの土台が濡れそぼり……そうだ、その日も雨が降っていた。

住人の怪我はひどい。リハビリが必要になる。そんな話をちらりと聞いた。

ショックを顔にも出さず医者として働く母は、恰好良かった。走り回る足音さえ、自信に満ち溢れて聞こえた。それを見て桜は決意した……覚悟した。

(……私だ)

お母さん、リハビリに付き添いたいんでしょう?

意を決して、桜は母に告げたのだ。

(……私が、お母さんに)

母は人の死に敏感だ。死を恐れるくせに死から目をそらさない。立ち向かう、戦う。桜はそんな母が好きだった。

そんな母は、事故があれば絶対に現場から離れられない。なぜなら戦う人だからだ。

お母さんを守って。お母さんは戦う人だから。そんな父の声が十年ぶりに蘇り、桜は決意したのだ。

（私が、東京に）

戸惑う母の背を押したのは桜だ。東京に帰ろう。と、桜は言った。

（……お母さんはみんなを治してあげて）

腕の傷が熱を持つ。

（私はピアノがあるから大丈夫。だから……二人で東京に帰ろうって）

「桜さん、大丈夫？」

律子を押しのけ、桜は店の電話に駆け寄る。すっかり暗記した病院の電話番号。

何度押しても受話器の向こうは無音だ。顔を上げれば、キッチンの明かりが消えていた。

ラジオも先ほどから静かである。

「あ……停電……してる」

外は雨の音。そして、雷の激しくなる音が断続的に響いている。

このあたりはよく停電になる。停電には慣れっこでも、今はタイミングが悪すぎる。

「桜さん？」

「行かなきゃ、すみません、律子さん。私……病院に行かなきゃ」

カウンターを飛び出し、律子を押しのけるようにして桜は駆け出す。扉を押して外へ。

目の前に見えたのは、滝のように降る雨だった。

じっとりとした空気の中、躊躇したのは一瞬のこと。

桜は水に飛び込むように外に飛び出す。道を行く人が驚くような顔で桜を見る。彼らの持つカラフルな傘を見て、桜は初めて傘の存在を思い出した。

しかし今、取りに戻る時間はない。

(……電車……そうだ、停電……まだ電車……走ってるかな)

桜は大粒の雨の中、足を止めて周囲を見る。

店内に響いていた悲愴が、雨にまぎれて聞こえた気がする。

優しい音なのに、悲しいメロディ。胸が締め付けられるような、じっとりと湿った音。

「お嬢さん、傘は?」

「大丈夫です!」

声をかけてきたおじさんに首を振り、桜は人々の目線から逃げるように走る。

数十メートル走っただけで、全身が水まみれになった。靴の中にまで雨水が入り込み、ぐじゃぐじゃと嫌な音をたてる。

思い出したのは春の発表会。雷の音に雨の音。そして人々の悲鳴と、外を真っ白に染めた落雷。

しかし、自分を叱咤するように、桜は拳を握り込む。

（大丈夫、大丈夫）

駅は水浸しの公園を抜ければすぐ。そこから電車に乗って二十分のところに、母の勤める病院がある。

一段と大きくなった雷鳴に、怯えて耳をふさぐがそれでも桜の足は止まらない。

（……謝らないと、きっと、駄目だ）

行っても会えるかは分からない。それでも謝りたかった。一言だけでも、謝りたかったのだ。

（謝らないと……）

「桜さん！」

公園に駆け出そうとした瞬間、桜は何かに掴まれてつんのめる。はっと振り返れば、そこには同じく水浸しになった律子が立っていた。

「律子さん！　なんで」

「こんな恰好で走ったら風邪を引いちゃうわ。傘を……あら、私も持ってくるのを忘れちゃった。だから一度戻って」

「謝らなきゃ、お母さんに、私……お母さんの病院まで……」

いつも疲れていた母に、ピアノを弾いてあげなくなったのは、いつからだろう。

母にシェフ、と呼ばれなくなったのは、いつからだろう。

母と距離を置こうと思い始めたのは、いつからだろう。

桜は律子の温かい腕を強く握りしめる。

腕の傷跡は、まるで血を流すように赤く火照っている。それを見て、桜の声が震えた。

「私……あ……謝らなくっちゃ……お母さん……に」

「大丈夫。大丈夫だから、まずは屋根のある所へ」

律子の温かく大きな手が、桜の背を撫でる。

水の染み込んだその場所がぼんやりと温かくなった。

律子は桜の手を引っ張って、公園の隅にある滑り台の下に誘い込む。

小さな遊具は、二人をすっぽりと覆い隠してくれた。

雨の音が真上から聞こえる。恐ろしい雷の音は、屋根を通じて歪んで聞こえる。

……その音は妙に懐かしい。

雨の音、雷の光、薄暗い風景。そこに現れた一人の女性……。

それは古い記憶だ。はるか昔、ぼんやりとしか覚えていない古い記憶。

確か寒い夜だった。寂しくて、孤独で……。

「大丈夫。いつかと同じ。お母さんは怒ってないわ」

震える桜の手を、律子がそっと握った。

「あなた……は」

桜の中で記憶が鮮明につながっていく。それは十年近く前、一人ぼっちのクリスマス。

母は仕事で迎えが遅くなり、桜は幼稚園で母を待ち続ける。大事なピアノを抱えたまま、雨の中で逃げ惑った。

そうだ、桜はあの時から雨が苦手である。

雨が怖いのではない。雨の中、一人で取り残されることが恐ろしかったのだ。

「なんで分かるかって？」

響く雨音の中。桜の記憶にある女性はなんと言ったか。

「……私が魔女だからよ」

あの時も、こうやって魔女が声をかけてくれた。

「あの……ときの……」

「ようやく思い出してくれた？」

律子は微笑む。その顔は、たしかに記憶にあるものに酷似していた。

「そうよね。私にとってはつい最近の出来事だけど、若い子の十年前なんて、ずっとずっと大昔のことだもの」

少し寂しそうで、優しい、その笑顔。

「クッキーの味も、夜の黒さも覚えているでしょう？　だって共犯者だもの」

律子はショルダーバッグの中からビニール袋に詰められた小さなクッキーを取り出す。

それは、青や緑、黄色など様々な色が練り込まれているクッキーだ。

それは宙に透かすと、ガラスのように綺麗に輝く。

律子はそれをうっとりと空中に掲げた。

淡い光が、彼女の手の中に生まれたようだ。

「雨で少し湿気ちゃったけど。虹色で綺麗だと思わない？　あなたの得意なステンドグラスクッキー」

……まるでそれは、雨の中に広がる虹のようだ。

「美味しい……です」

一口、クッキーをかじると湿気た生地と、飴のカリリとした食感が口の中に広がる。

その食感は十年前のあの日と同じ。

クッキー、屋根を叩く雨音、律子と桜。まるで十年前と同じ風景。

ないのはピアノの音だけだ。そういえば、周囲の音もいつもより静かである。

……静かなはずだ。

周囲は一帯、停電している。

テレビの音も、夕刻のチャイムも、何も聞こえない。ただ、ただ雨の音だけだった。

「この雨だし、お母さんに会いに行くのは難しいと思うわ……そうだ」

律子は輝く目を桜に向ける。

「今日、あなたを私の家にさらってもいいかしら」

「え？」

「だって私は魔女だから。いい子をさらうのは得意なの」

律子が腕を大げさに広げて、桜を抱きしめる。

その温かさに包まれて、桜の目にも一粒の雨が降った。

雨の音は、いまだ止まらない。

その音をかき分けるように、激しい足音が響く。

はっと顔を上げれば、雨で煙る向こうに大きな傘をさした人影が一つ。

「律子さん！」

声は、想像よりも大きく聞こえた。

「店にいると思ったのに……どこに行ったかと思えば」

公園の端から誰かが駆けてくる。雨に歪むその人影は、やがて燕の顔になった。

表情の薄い燕にしては珍しく、顔色が悪い。また、珍しくスーツ姿だ。せっかくのスーツは、雨に濡れてすっかり濡れてしまっている。

しかし彼は雨に濡れていることにも気づいていないようだ。律子の側に駆け寄って、安心するようにため息をついた。

そんな燕を見つめ、律子は花でも咲きそうな顔で笑う。

「見つかっちゃった」

「捜しました、あちこちを……店も、銀杏の公園も、パン屋も……」

燕は桜のことなど目にも入らないように、律子のことばかり見つめている。珍しいくらい、感情が露出していている。

こんな燕の表情は珍しい。

（律子さん……）

そんな燕を楽しそう見上げる律子を見て、桜は心のどこかで安堵した。

（迎えに来てくれる人ができたんだ）

十年前に出会った律子はまるで幽霊のようだった。あの時の律子は一人ぼっちの桜以上に孤独にみえた。

だから、桜は今の律子を見てもすぐに思い出せなかったのである。

今の律子は、迎えに来てくれる人がいる。

その事実は、桜の気持ちを明るくさせた。

「桜さん。実はね、ここの場所は特別なの」

律子が桜に耳打ちをする。燕は桜に気づき、慌ててポーカーフェイスを作り出した。

「まずは二人とも、傘に入ってください。ここからだと……家のほうが近いな」

「ここはね、燕くんと初めて出会った場所」

律子が囁くように言う。その声に、燕の肩が震えた。

「本当にちょっとした偶然で、出会えたの……私は奇跡に支えられている」

「律子さん、もういいですから」

せっかく作ったポーカーフェイスが崩れてしまう。それにも気づかないように、燕は顔を背ける。耳が少しだけ赤い。

「すれ違いがあればきっと会えなかった、桜さん、あなたにもよ。人生って面白いわね」

「いいですから、家に帰りましょう」

燕が律子の手を掴んだまま、引き寄せる。傘を律子に渡して、二人を傘の下に押し込むと燕は一人だけ、雨に濡れる。

「……たとえ、もう一度人生をやり直すとしても、僕はこの公園であなたを待ちますよ」

小さすぎるその呟きは、空を裂くような雷の音に吸い込まれてしまった。

黒の夜　土鍋ご飯にレトルトカレー

律子宅の玄関のインターホンが激しく鳴ったのは、燕たちが家に着いて一時間以上あとのことだった。

「ここにいるのかよ！」

燕が玄関を開けると、濡れ鼠のような夏生が転がり込んで大げさに叫んだ。

「店にいねえし！　電話！　かけても出ねえし！」

夏生のくせ毛は水に濡れてうねり、彼はそれを気にするように何度も髪をかき上げる。口が悪いのは照れ隠しだろう。

「ふっざけんなよ……俺がどんな捜したか……お前、連絡先教えろつったろ。おふくろには教えてるくせに」

「個人情報だ」

燕はタオルを夏生に投げつけ、肩をすくめる。

「それに教えなくても、ここを見つけただろう？」

なぜ皆、こんなに雨に濡れるのが好きなのか。燕からすれば理解に苦しむ。

びしょ濡れの桜と律子を家に引きずり、風呂に押し込み、何があったのか聞いたのが一時間ほど前。

桜の口下手と、律子の横入りのおかげで、燕が全容を理解したのは三十分前。

すぐに外に飛び出しそうな桜を律子と二人して宥め、桜に気づかれないよう陽毬の病院に電話をかけたのがほんの十分前だ。

怪しまれるかと思ったが、陽毬は素直に燕の言葉を受け入れた。

娘を頼みます。と、動揺を冷静さで押し隠して彼女は電話越しに言う。その声は大人びていて、燕のほうが戸惑った。

冷静に考えれば、陽毬はもう大人だ。あの絵の……女子高生のままではない。

ようやく一段落した瞬間を狙ったように、今度は夏生だ。

「夏生!?」

声を聞きつけた桜が、玄関に顔を出す。色鮮やかな律子のワンピースを借りた桜は制服姿より、少し顔色が明るく見える。

目を丸くした夏生は、錆びたロボットのような不自然さで顔を背ける。

首筋まで赤く染まっているのをみて、燕はため息をつく。これで気づかない桜は、鈍感にすぎる。

「……さ……さく……桜の母ちゃん」

夏生は地面を睨んだまま、ぼそぼそと呟いた。

「夕方くらいに親父のとこに連絡きて……発表会、無理って」

「……うん」

桜は気まずそうに顔を伏せ、寂しさを押し殺すようにぎこちなく笑う。

「仕方ないよ。夏生。だってお仕事で……」

「だから俺、そのまま、おばちゃんの病院行って話聞いてきた」

投げやりなようで、夏生の声は真摯だ。

「おばちゃんとこの病院、おふくろの病院から近いからさ」

その声を聞いて、桜の目が丸く見開かれた。

「……だって電車、夕方から止まったって」

「帰りは走った」

「病院から!?」

桜が珍しいくらいの大声を出す。夏生の申告の通り、彼の足はドロまみれだ。

体格に恵まれているとはいえない夏生は運動も苦手なのだろう。足ががくがくと震えていた。しかしわざとらしく足踏みをして、それを隠してみせる。

「別に。マラソン大会と同じくらいだし」

「まあ、夏生君までびしょ濡れで」

騒ぎを聞きつけ、律子がひょっこり顔を出す。

「ほらほら、風邪を引いちゃうから早く中に」

そんな律子を押さえ、燕は静かにするように人差し指で口を押さえる。

夏生は袋をしっかり抱き締めたまま、数ヶ月ぶりに桜をまっすぐに見つめていた。

「病院でおばちゃんから話聞いてるときに……桜からメールきて」

その言葉を聞いて、桜の顔が赤くなる。

桜が恥じ入るように語ったメールの内容は、たしかにひどいものだった。しかし燕は、それを聞いて安堵したのだ。

少なくとも、燕は親にそんなことは言えない。まっすぐに気持ちをぶつけられる桜はまだ健全だ。

「……私、わがままを……」

何か言い訳をするように彼女の唇が震えるが、それは言葉にはならなかった。

恥じるように震えた桜の肩を、夏生の拳が軽く小突いた。

「メール消したから」

「え？」

「見たのは最初のメールだけ。次のメール、おばちゃんが見る前に、消しといた。絶対、桜、普通の状態じゃねえし。だから」

緊張するように夏生は拳を握りしめている。

「……俺も見てない。代わりに、俺がおばちゃんのこと、怒っといた」

「夏生……」

「でもさ、おばちゃん、医者だし」

口下手な夏生が陽毬に何と言ったのか、燕は想像もつかない。

しかし、夏生の目つきは真剣だ。

「今回は大きな事故だし、病院に待機しなきゃいけねえって」

「そうなの、お母さんは……お医者さんだから」

桜がへらり、と笑いかける。

「我慢しなきゃ」

「そのニヤけ面やめろ」

夏生が桜の顔を両手で包んで頬を強く引っ張った。驚いたように、桜が顔を上げる。

「……会場には来られないけど、病院で見ればいいんだよ。緊急手術とかなければ、スマホのさ、ビデオ通話で見られるって」

ぱっと、桜の目が明るく輝く。それをみて、夏生が慌てて顔を背けた。

「救急の手術がなければ、だぞ。手術だったら、録画してあとで絶対に見るって。絶対、見せるから」

「夏生」

「うちの親も明日は来られねえし、俺のほうは燕にビデオ通話、任せるから」

「……夏生」

「皆さ、やることがあるんだし。だから俺らは……弾くしかないだろ」

夏生は緊張を隠すように肩を怒らせる。

「……昔から、俺らそうだったろ。親は仕事で、俺たちは二人で……弾くんだよ」

握り締めた手のひらから緊張が漏れているようだった。

「だから、あの、桜、俺」

「夏生」

その手を桜が掴んだ。その勢いのまま夏生を引き寄せ、濡れた頭を桜は抱きしめる。

「ありがとう！」

ぎゃ、とも、ひゃ。ともつかない悲鳴が桜の腕の中で響く。ぴんと伸ばした夏生の手が、じたばたと揺れて雨水が玄関に散らばる。

そこを掃除したばかりの燕は眉を寄せて、二人を引き離した。

子供らしい高い体温だ。燕にはもう、ない温度だ。

「おい、そのまま入ってくるな。桜も抱きつくな、せっかく風呂に入ったのに」

燕と律子、二人がいることに初めて気づいたような顔で桜と夏生が同時に赤くなる。

「燕、俺、別に」

「桜は部屋、夏生、お前はまず風呂だ」

そして二人は、同時に頷いた。

「ところで燕くん。お腹が空いたわ」

律子がそんなことを言い出したのは、日差しがすっかり落ちた頃。

雨は小ぶりになったが、停電はまだ断続的に続いている。どこかの変電所に雷が落ちたのだと、ラジオからニュースが流れる。

燕が店から拝借してきた防災用ラジオだ。この家にはテレビもない、ラジオもない。普段、音のない家に音があるのは不思議なことだった。

復旧まであと数時間はかかる。

律子の声を受けて仕方なく、燕は暗い冷蔵庫を覗き込んだ。

「そうですね……」

「絶対にお米が食べたいの。ねえ、夏生君だって晩ご飯はお米がいいわよね」

律子が誰かを巻き込もうとするように夏生に声をかける。突然のことにびくりと肩を震わせた夏生は、慌てるように頷いた。

「っていうか桜、ここに泊まんの？　俺も？」

「一人さらったんだから、二人さらっても一緒だもの」

「さらう!?」

「律子さん、人聞きの悪い事を言わないでください」

いつもは二人の食卓が、今日は四人。それも食べ盛りが三人もいる。

(暗い中で料理するのは……避けたほうがいいか)

燕は頭の中で色々と算段しながら、考える。

冷蔵庫には食材がたっぷりある。

とはいえ、この薄暗さでは凝った料理は作れない。

(保存食を探すか……レトルトの、なにか)

しかし燕の思考など一切構わず、律子は続ける。

「夜は暗くて真っ黒で、お米は真っ白。きっと綺麗だもの」

燕は眉を寄せ、律子を見上げた。

「……善処しますが、電気がないとどうにも」

「鍋は？」

ぱっと、横から夏生の声が響く。

ふてぶてしさを取り戻した彼は、スマートフォンに文字を打ち込むと燕に見せる。

「俺、学校で習った、これ作り方」

薄暗い室内だと、スマートフォンの明かりでも眩しいほどだ。そこに書かれているのは、土鍋で米を炊く方法。

「素敵。そういえば黒い土鍋があったじゃない。冬にお鍋を作った……それで作ったら、黒と白でとても綺麗よ」

律子が飛び上がって、棚を漁る。まもなく引きずり出してきたのは、土鍋だ。ずっしりと重く表面は闇を塗りつけたように黒い。

「あと、棚の中にこれがあったわ」

律子が引っ張り出してきたのは、貰い物のレトルトカレー。

一度、思う存分食べたかったの。と目を輝かす律子から、カレーと鍋を受け取って燕は観念する。

今夜は賑やかな夜になりそうだった。


「はじめちょろちょろ、中ぱっぱ……だったっけ？」

「赤子がなんとかって言ってたろ」

「泣いちゃダメなんだっけ？」

「調べろよ」

「そっちこそ」

桜と夏生が並んで言い合いをしながら、真剣な顔でガスコンロを見つめている。

その上には、大きな土鍋。重い蓋の下で、ふつふつと白い泡が吹き出している。

米を洗って三十分浸水、しっかりとザルにあげて水を切る。土鍋で炊くご飯は、思ったより手間がかかる。

沸騰すれば火力を弱めて十五分。

ぐつぐつと不穏な音が聞こえても、けして蓋を開けてはならない。

赤子泣いても蓋取るな。と、もう一度口ずさんだ桜が、ふと夏生の顔を覗き込む。

「……夏生、そういえば。みゆきさんは大丈夫なの？」

「ああ、平気」

「平気って……すごく時間がかかるって」

不安そうに桜が眉を寄せた。

陣痛がきた、と燕も昨夜みゆきからメールを貰っていた。しかし夏生は平然と、コンロを覗き込んだまま言い放つ。

「だって、昼前に生まれたし」

がたん。と桜が立ち上がる。そわそわと、落ち着かないようにあたりを見渡すと、律子の手をきゅっと握った。

「生まれ……たって！」

「まあ、おめでとう！」

「そういうことは早く言え」

「だって！……だから、今言ったじゃねえか！」

一斉に声をかけられた夏生は、顔を真っ赤にして背ける。ひどく賑やかな一日だ、と燕は苦笑した。

昔、アトリエだった時代も、これくらい賑やかだったのだろうか。と考えて、燕は少し切なくなった。

「あ。燕さん！　パチパチって音してる！」

誰よりも耳のいい桜が子犬のような顔で燕を見上げる。

土鍋に耳を近づければ、たしかに米が弾けるような音が聞こえてくる。そこから火を止めて十分。祈るように蓋を開け、混ぜる。皆が不安そうに鍋を覗き込んでいる。

真っ白な米がふわりと混ざる。白い米の下には茶色おこげ。

それを見た瞬間に、律子と桜がきゃあと喜んだ。

「あとはレトルトカレーを温めたので、お好きなだけ、どうぞ」

持て余していた貰い物のレトルトカレー。普段はあまり食べないレトルトも客が来ればうまく消費できる。

（たまには人が来るのも、いいかもしれない）

と、燕はぼんやりと思う。そんなことを思える自分に驚いた。

苦労して見つけ出した白い皿に米を盛る、温めたカレーをかける。

米とサラサラのカレールーのみ。この間、店で作ったカレーよりずっとシンプルだ。

床とソファーと机には懐中電灯が転がっている。間接照明のような淡い光のせいで、カレーは夜の闇のように黒く見えた。

「カレーの黒と、お米の白と、夜の黒と。まるでピアノみたい」

二人用の小さなテーブルに、今は四つの皿が並ぶ。机から溢れそうになる皿を見つめて、律子が目を細くする。

「停電でもお湯が沸くのって幸せなことよね……さあ、いただきましょう」

一口食べて律子が幸せそうに目を細める。桜と夏生は同時に目を丸くした。

土鍋で炊いた米は、不幸中の幸いというべき美味しさだった。米の粒がふわふわとして、そのくせベタベタしていない。

米は口の中でほろほろと崩れ、カレーがよく絡む。

「土鍋ご飯美味しいです！」

桜が感動したようにいい、夏生は無言のままおかわりを取りに行く。

さらさらとスパイシーなこのカレーはこの季節に、不思議と似合う味だった。


眠くないと騒ぐ律子に桜を添えて寝室に追いやったのは二十二時をすぎる頃。夏生にはタオルケットを一枚渡してリビングダイニングのソファーに押し付けた。

ようやく一人になれた燕は、重くなった肩を鳴らして自室に戻る。

燕の自室は家の一階。車庫の横に作られた小さな物置部屋である。

ただの灰色の壁だったその場所に、鬱蒼とした森が描かれた。その絵の空の色は夕日になり、夏の色になり、秋の色になり、今は綺麗な雨の風景となっている。

それは季節が変わるたびに、律子が描き直す。カレンダーのようなものだった。

その絵の前にイーゼルを置き、燕は一枚の絵を掛ける……顔のない家族の絵だ。

「……燕」

不意に声をかけられ、燕は現実に引き戻された。

振り返ると夏生が遠慮がちに部屋を覗き込んでいる。手には大きな紙袋を抱えており、彼が動くたびにそれがガサガサと音をたてる。夏生がここに来た時から、大切そうにしっかり抱きしめていた袋だ。

「邪魔？」

「いや、いい」

部屋の壁一面に描かれた絵に、夏生は目を丸くした。そんな表情をするとやはり彼は幼く見える。

手招けば、夏生は恐る恐る部屋に足を踏み入れた。

「明日、本当に来てくれるのか？」

「ビデオ通話をするんだろう？　律子さんにそんな作業、できると思うか？」

「……ありがとう」

夏生は言いにくそうに呟く。

まるで人生で初めて放った言葉のように、それはたどたどしく響く。ふっと笑いかけた顔を、燕は引き締めた。

「気にするな」

夏生は気まずそうに、ベッドの端に腰を下ろす。

「……お前、家族の絵、まだうまくいかないのか？」

夏生が恐る恐る、言った。

イーゼルにかけられた絵は、相変わらず薄暗い空気をまとっている。

「そうだな……時間もないから、適当にするさ」

破り捨てたくなる衝動を抑え、燕は言う。しかし夏生は目を細め、絵を覗き込む。

「本当の家族じゃねえと、駄目なの？」

それは馬鹿にするような響きではない。純粋な声だ。

「本当の家族？」

顔を描かれることのない、三人の男女の絵。ここにあるのは「本当の家族」だ。

「血が……繋がってるとか、そういうの。それが必要なのか？」

家族だと言われなければ分からない。そんな絵を、夏生がじっと見つめる。

三人は肩を寄せ合っているくせに、温かみがない。そこにはひやりとした空気しかない。

その冷たさに触れるように、恐る恐る顔を近づける。

「……今日の、ちょっと家族っぽかった」

夏生の言葉に停電の夜の風景が、不意に蘇る。

狭い食卓、四人の影。黒いカレーに白い米。

雨の音と……全員の中に蓄積した、少しの不安と秘密。

「べ……別に、俺はそうは思わねえけど、桜がっ、そう言ってたっ」

燕の目線に気づいて、夏生は慌てて口調を荒くする。握りしめた拳は繊細で細い。そういえば彼はヴァイオリンを弾く少年だった。

性格も実は繊細なのかもしれなかった。

「絵をさ、やめようと思ったことはない？」

夏生が囁くように言った。

「家出したんだろ。ついでに絵もやめようと思わなかった？」

「……何度も思ったよ」

窓の外はすっかり静かである。雨はやみ、停電もおそらく終わった。

時刻はもう深夜。いつもは眠りの遅いこの家も、今日は静かだ。

静かすぎて、声がいつもより大きく聞こえる。

「でも、捨てなかった……捨てられなかった」

燕は三年前のことを思い出しながら、呟く。結局、自分というものは絵で構築されていた。絵を捨てるということは、自分を捨てることだと気がついたのだ。

律子に出会って以降、絵を捨てることは考えていない。

「……いいな」

夏生は座ったまま、不器用に言葉を紡ぐ。

「俺も」

夏生と二人きりで向かい合うのは、久しぶりだ。今日ここに飛び込んできたのは燕を頼りにしてくれた、ということだろう。

昔、律子が燕のことを鳥に例えたことがある。

この家に燕が滑り込んだ時だ。傷ついた鳥が家の中に飛び込んできた、と律子は例えた。夏生をみて燕は今更、律子の気持ちを理解する。

「……俺、も」

夏生はたどたどしく言葉を続けた。

音楽を始めたのは、親の影響。小さな頃はレッスンが嫌で仕方なかった。

音楽を続けることができたのは桜のおかげ。

楽しそうに弾く桜が羨ましかった。発表会のステージに立って、拍手を受けて、真っ白な光に包まれて、音楽の楽しさを知った。人に聞かせることの喜びを知った。

「俺の親も桜の親も忙しくって……代わりに音楽があって、それは、桜も一緒で……音楽は楽しいから」

桜もそうだと思っていた。一緒に、音を紡いでいけると、そう思っていた。

「……俺、また、あいつと一緒に弾きたい」

最後は、低い呟きになる。それは不安の色だ。その声を聞いて、燕は不意に先日のことを思い出した。

それは、律子とともに絵を仕上げた、その思い出だ。

一人では不安なことも、二人ならば心強い。

「もし桜がピアノの前で固まったら……そのときは、お前がステージに出て、ヴァイオリンを弾けばいい」

「ばっ……おま」

叫びかけた夏生だが、やがて一瞬、本気で考えるように眉を寄せる。

「そ、それもいいかもな。先生怒らせるの、俺、得意だから」

口を滑らせてしまったことの後悔を隠すように、夏生は紙袋を燕に押し付けた。

「そうだ。これ直せる？　色んとこ」

受け取ると、軽い。中を覗けば、それは桜のピアノだった。

「たぶん、桜が落としたんだと思う。床に転がってた。色がちょっと剥げてて」

引きずり出せば、表面の青の塗料が少し剥げている。

ピアノの色を見つめて燕は目を細める。ごくごく一般的な塗料だ。こんなものでこれほど美しい色を作り出せるのは世界に一人だけ。

……律子の筆である。

（なんで、最初に見たときに気がつかなかったんだか……）

ピアノの側面には、常人には作り出せないような複雑な色が塗られている。青の混じった、淡いグレー。

先日、絵のピアノは塗り直したばかり。ならばこれも、塗り直せるはずだ。

「色もそうだが……壊れてないか、これ」

こん、と鍵盤を叩くと、中で何かが引っかかっている、そんな感触が指に伝わってくる。

「音の出ない場所があるんだよ。古いから」

「いや……中に……なにか」

椅子に腰を下ろし、慎重にピアノをくるりと回してみる。軽く振ると、かさかさと小さな音がする。

「中に……なにか」

屋根に指をかけ、側板からそっと外せば、それは案外簡単に外れた。

「あ……」

そして燕と夏生は顔を見合わせる。蓋を開けてみれば、中には小さく折りたたまれた白い紙が一枚、収まっていたのだ。

それは小さな、薄い、紙。

黄ばんだそれをそっと開くと、そこにはクリスマスの絵が描かれている。サンタクロース、もみの木、ケーキ。

（……律子さんの秘密だ）

それは律子の絵だ。色だ。線だ。

サインなどなくても分かる。また一つ、律子の秘密が燕の前に現れた。

胸の高鳴りを抑えて、何事もなかったように燕は再び蓋をする。

「いまのは？」

「さあな」

「さあなって……」

燕がごまかすように笑ってみせると夏生の顔が不機嫌そうに歪む。感情が豊かなこの少年を燕は少し羨ましく思った。

「暇か、夏生」

だから燕は家族の絵を奥に片付けて、伸びをする。

こんな夜、きっと律子はすぐに目を覚ます。夕食が早かった日は特に、だ。

「なんで？」

「今から夜食作るのを手伝え」

「夜食？　なんで？」

「そのうち分かる」

そう言って燕は、夏生を無理やりキッチンに引っ張り込む。

真っ暗なキッチンの隅に鎮座した冷蔵庫を開けると、低い音と淡い光が燕の顔を撫でた。

停電明けの庫内はまだ少しだけ生ぬるい。腕を差し込み、燕はしばし思案した。

「……餃子にするか」

「は？」

「早く使わないと、ひき肉とエビがだめになる」

取り出したのはパックに詰まったピンク色のひき肉に、小さなむきエビのパック。

冷蔵庫の真ん中の段には真っ白な餃子の皮が見えた。

（赤色に……餃子の白色、あと……もう一色欲しいな）

夏生を腕で押しのけて、燕は寡黙に準備を進めていく。

チューブの生姜、刻んだエビ、ひき肉に、鮮やか緑の刻みネギ。

「明日は発表会だから、ニンニクもニラもなし、代わりに生姜はたっぷり目で……キャベツも白菜もないから……ああ、これでいい。ほうれん草」

「は？」

「野菜、苦手か？」

お子様口め。とせせら笑うと、夏生は口を尖らせる。

「なんでほうれん草なんて」

「色がつかないと、あの人は食べないんだ」

萎びかけているほうれん草を軽く茹で、刻み、具をすべて混ぜる。銀色のボウルの中で色鮮やかな具が練り込まれていく。

エビの淡い色、ひき肉の赤に、ほうれん草の鮮やかな緑。

それは梅雨の鬱陶しさを払う色彩だ。

焼くよりも、茹でるほうがもっと色が映えるに違いない。そんなことを考えて、燕は大きな鍋に湯を沸かす。

「包むのを手伝え」

真っ白な皮をざっと並べ、夏生にスプーンを押し付ける。一枚、試しに作ってみせると夏生も必死にそれを真似る。しかし、それはあっけなく崩壊して情けない形になった。

「下手」

「なんで餃子なんだよ」

「材料があったからだ。験担ぎでとんかつでも作ってほしかったか？」

「そ、それは」

一個、二個。燕が作ると夏生も負けじと作り続ける。負けん気の強さは彼の美徳だ。

「終わってからでいい、どうせ賞、取るし」

作るうちにどんどんと形が整っていく。十個作るうちに、形はほぼ完璧なものとなった。白い皮に、透けて見える緑が美しい。

「まあまあだな」

「……お前、俺、こんなのしたことねえし」

「慣れておかないと、苦労するぞ。将来、二人とも料理ができないのは困るだろう。桜は料理が苦手だし」

桜の名前を出すと、夏生は分かりやすいくらいに動揺する。潰れた水餃子を、燕は横から奪って整える。

「なん……だよ」

「ああいうタイプは苦労するぞ」

「お前だって……お前だって……」

「もう慣れた」

燕はせせら笑ってみせる。

「……それに、苦労と思ったことがない」

ぽこりと、湯の沸く音が響く。

ぐつぐつと湯気を上げる鍋に中華だし、醤油、塩。そして先ほど作った緑の餃子。

餃子がふわふわと浮いてきたのを見計らい、その上から溶いた卵をとろりと流し込む。

ぷわ、と音をたてるように、スープの上に黄色い卵が広がる。

餃子の皮のおかげで、スープにほどよくとろみが交じる。

（……ひまわりみたいだ）

黄色い卵が柔らかく揺れる。時折覗く緑の餃子の色が、美しかった。

（あの、絵みたいな……）

生ぬるい夜に、生ぬるい空気。梅雨特有のまとわりつくような温度である。

その時、湿度の高い空気がふっと振り払われた。ひたりひたりと、後ろから静かな足音が近づいてくる。

振り返るまでもない。

「燕くん、お腹が空いたわ」

跳ねるような声が優しく響いた。

秘密の夜食に月光カルテットコンサート

浅い眠りの中、桜は絵の具に溺れる夢を見た。

（眠れない……）

桜は柔らかい布団を口元まで引き上げ薄目を開ける。

……そこは、律子のベッドの上。

律子の部屋は絵の具の香りで満ちていた。

この部屋は、壁にも天井にも絵が描かれているのだ。薄暗い室内の中で、赤や緑やオレンジが輝いている。

（美術館で……寝てるみたい……寝たことないけど）

浅い夢を何度も繰り返し、桜は目を閉じては開く。寝返りを打ちかけて、止まる。

（そっか……音がないんだ……）

食事のあと、律子が部屋に招いてくれた。部屋の隅、ベッドは大きいものが一つだけ。

あなたは右で私は左ね。と、律子はまるで子供のように無邪気に言った。

誰かと並んで寝るなど、もう何年も経験していない。

右腕に熱が伝わるたびに緊張した。

「ねえねえ」

その、高い体温の持ち主がベッドから起き上がる音がする。

「桜さん」

声はいつもと同じトーン。ねえねえ、桜さん……数度、それを繰り返す。

「もう寝ちゃった？」

「……いえ、大丈夫です」

桜はそっと布団から顔を出した。

布団から顔を出せば、絵の具の香りは余計に濃厚なものとなった。

「今……何時でしょうか？」

桜は目をこすり、起き上がる。まるで、深い水の中に沈み込んだような静けさだ。

「もう夜中よ……ねえ、少しだけ、一緒にきて欲しいところがあるの。あなたに見せたいものがあるのよ」

律子はそっと、桜の手を取る。

「明日発表会って分かっているけれど、でも今日の夜は今日しかないもの。少しお散歩をしましょう」

律子の手は乾いていて、そして温かい。

律子は素早くベッドから降り、緑色の扉を薄く開けて外の様子を窺った。

扉の向こうはキッチン、そしてリビングダイニングだ。散らかっているその場所は、暗いと更に難易度が上がる。

床に転がる筆。絵の具。転がった木の枠……これはイーゼルというのだ、と律子がそっと教えてくれた。

その間にピカピカに輝くピアノが鎮座している。

あれはあなたのピアノよ。と、この部屋に入った時に律子が言った。驚きながらも唐突過ぎてまだ手も触れていない。

「私の後ろをついてきて。それなら怪我をしないから」

律子が囁き、ダイニングキッチンの奥に見える扉を指す。その場所は玄関だ。

「今から外に!?」

思わず声が漏れた桜の口を、律子が慌てて押さえる。

「目的地はすぐそこよ。でも静かにね。そこの二人に気づかれないように」

そっと扉から顔を覗かせると、そばのキッチンに夏生と燕の姿が見えた。壁にかけられた小さな時計はすでに深夜二十六時を指しているというのに。

「……二人がなにか……作ってます」

「きっとお夜食ね。楽しみにしましょう」

「ご飯?」

夜食という言葉を聞いて不思議と緊張が薄れ、同時に桜の腹が鳴った。

しかし律子は急かすように桜の手を握り締める。

「……さあ、今よ」

二人が冷蔵庫を覗き込む、その瞬間を狙ったように律子は部屋をそっと抜け出した。

体を小さくして、忍び足。しかし素早く。忍者のように二人はキッチンの横を通り抜ける。

律子は慣れた様子で音も立てずに玄関の扉を開け、そこに滑り込んだ。

そっと扉を閉めれば、そこは真っ暗だ。しかし律子は懐中電灯に明かりをつけ、得意げに胸を張った。

「どう？　スパイ映画みたいでしょ」

「律子さん、どこへ？」

二人が立っているのは、ちょうど階段の踊り場だ。下と上、両方に階段がある。

律子は懐中電灯で上に向かう階段を照らし出した
「上よ」

階段に足をかけると、律子は下手なウインクをしてみせる。

「忍び出るのは得意なの。燕くんに気づかれないように抜け出すことが多いものだから」

真っ暗な階段を小さな光だけを頼りに上がっていく。不安と好奇心、どちらかといえば好奇心が少し勝つ。

「階段、滑らないように気をつけてね」

上まで上りきれば、そこには物一つ置かれていない廊下が広がっていた。

そんな廊下の左右に大きな木の扉が見える。

あまりの静けさに、桜は目を白黒させた。

二階の部屋はあれほど散らかっていたというのに、三階は不思議なほどに生活感のない空間だ。壁には絵もなく、ただ白い……一気に空気が冷たいものとなる。

「律子さん、ここは……」

「昔この家はね、アトリエだったの。大勢の教え子もいて、絵画教室もしていたから、とてもお部屋が多いのよ」

桜はそっと左右を見る。廊下の横に扉がいくつか。ここに大勢の人間が行き交っていたなど、想像もつかない。

「……ここの部屋へどうぞ。ゆっくりと、落ち着いて」

桜の手を、律子が優しく撫でる。

……アダージョ、アダージョ、アンダンテ。

黒いワンピースをまとった音楽教室の先生が、繰り返し言っていた言葉を桜は思い出す。

ワルツだけが得意なピアノの先生。声は低く、体も大きかった。

彼女は桜がピアノを弾くたび、口癖のように言った。

ゆっくりと、ゆっくりと、歩くスピードで。

桜はなんでも急ぎすぎる、ピアノも考え方も、何もかもだ。

桜が焦って急ぎがちになる時、先生が静かな声で言うのだ。アダージョ、アダージョ、アンダンテ。

「さあ、いらっしゃい」

律子は桜の手を引いて、一番奥の扉を開ける。

思ったより軽いその扉の向こうは、一面の白……いや、雪景色だ。

「わ……あ」

桜は一歩、部屋に足を踏み入れて思わず声を上げる。

目の前に、雪原があった。

それは真っ白な雪の公園だ。ブランコも、すべり台も綺麗な雪で覆われている。その中で、小さな人影が二つ。それは律子と燕だろう。

それが絵であることに気づくまで少し、時間がかかった。気温は蒸し暑いのに、不思議と寒く感じて桜は自分の腕をさする。

真っ白で、どこまでも静かな空気だ。

逆側の壁を振り返ると、そこは春の絵。大きな桜の木、あたたかそうな……数ヶ月前に嗅いだ春の空気を思い出す。

大きな木の根本には、やはり律子と燕の二人が座っている。

「桜……の絵？」

恐る恐る壁に手を伸ばすと、壁の感触が指に伝わった。

なんて立派な桜の木だろう。見上げると、ピンク色の花に包まれているようだった。ガラスの破片のような、透明感のある綺麗な花。

桜は春が苦手だ。

安直すぎる名前をつけられたせいで、生まれた月があけすけだ。

春生まれだから、名前がそうだから、桜の花が好きでしょう……なんてセリフ、これまで何度言われてきただろう。

春に生まれたから桜。それは母の安易な発想だ。みゆき夫婦も桜の母も、名前の付け方が直感的すぎる。

だから桜の季節は苦手だ。

しかし今、この花からは目を離せない。

「そう、ここの部屋には新しい季節を描くの。毎年、季節ごとに。写真を撮るみたいに」

「毎年!?」

桜は思わず目を丸くする。よくみれば、その絵の下には、別の絵の痕跡が見える。

「実は今年、あと二枚。夏と秋が残っていて……」

律子は左右の壁を指す。そこはまだ、白い。

部屋に入る前なら、壁としか思えなかっただろう。しかし今、二枚の絵を見た後にこの壁を見ると、大きなキャンバスに見える。

「いつか出会う人たちのために、あけておいたの」

桜から向かって左側。律子は壁に近づくと、床に置かれた道具入れから筆を出す。

桜が呆然と見ている間に、彼女はパレットの中に黒の絵の具を綺麗に伸ばした。

白と、灰色と、青と紺。器用に混ぜると律子は息を深く吸い込み、筆を手にとる。

（……すごい）

桜は目の前の風景に釘付けとなった。

壁に向かった途端、小柄な律子が急に大きく見えたのだ。

それはまるで指揮棒を振るコンダクタのようだ。

彼女が筆を振ると、色が応える。青に黒に黄色に緑。様々な色が音楽を奏でるように壁に描かれていく。

やがて壁に現れたのは一台の大きなピアノ。

律子の筆はピアノの絵の上、大胆に雨を降らせる。周囲には、黄色のひまわりの花。

遠くには黒い雲が垂れ込めている。雷も鳴っている。不穏な色だ、恐ろしい音が聞こえるようだ。無情な雨がひまわりやピアノを濡らす。

しかしその雲の隙間には夏の濃い青空が透けて見える。夏の始まり、梅雨の終わりがそこに見えた。

「雨はじきに上がるし、雷は遠ざかる、そうしたら、蒸し暑い夏が来て、涼しい秋が来て、冬が来てまた春が来るのよ」

ぐるりと、律子は部屋を見渡す。壁は四面、四季も四回。季節は巡ってくる。

桜はとりつかれたように、壁に見入る。

「律子さん、すごく、綺麗……」

あれほど嫌いだった雨が、雷が、急に綺麗なものに見えた。

この世界の雨は、なんて静かに降るのだろう。

「ここに、皆を描くわ」

律子の手は止まらない。

ピアノの周囲に小さく描かれるのは、律子に燕に夏生に……桜。

それは小さな絵だというのに、自分だと分かるのだ。

桜はピアノを静かに弾いている。緊張するように、楽しそうに。

そんな桜を見守るのは燕だ。その隣には、ヴァイオリンを手にした夏生、そして絵を描く律子。楽しそうな、幸せそうな空気が絵からにじみ出ている。

音楽は好きだった。

奏でるのも好きだった。

人が、自分のピアノを聞いて喜んでくれるのが何より好きだった。

こんなに幸せな顔で弾いていたのは、いつの頃だろう。

いつから、こんな幸せそうに弾けなくなったのだろう。

……それは孤独だったからだ。

気がつけば、父も消えた。母も忙しい。音楽教室の先生も、消えてしまった。聞かせる相手は、一人二人と消えていく。

こんな風に、皆に囲まれて、皆の前で幸せに弾いたのは、いつの頃だろう。

「雨の中で、ピアノ演奏会。何を弾いているのかしら。きっと綺麗な曲ね」

「……律子さん、私」

絵の中の自分は、こんなにも満たされている。

「……私、寂しかったのかも」

ほろりと、気持ちが桜の中からこぼれ落ちた。

数ヶ月、溜め込んでいた思いが……自分でも気づいていなかった思いが、言葉とともに転がり落ちていく。

「寂しかったんだ……って思います……」

九州から東京に戻って数ヶ月。

急に忙しくなった母、夏生との距離、新しいピアノ教室、新しい学校。すべてが桜をじわじわ蝕んでいた。

きっかけは、春の発表会。でもあれはただのスイッチで、きっとその前から桜は寂しかったのだ。

母を守るのだと気負っていた小学校時代。

怪我をして、九州に行った中学校時代。そして母と二人きりで過ごすうちに分かった。

母と桜は、歩む道が違う。

生家の火事をきっかけに、桜は再び東京へ戻ってきた。母とすれ違うと分かっていて、覚悟を決めたのは桜自身だ。

寂しいと思ってはいけない。父の代わりに母を守るのだから……気負いは呪いのように自分自身を締め付け、愚痴はこれまで誰にも言えなかった。

……しかしここにいるのは、律子だ。

律子になら、聞いてもらえる。

「寂しかった……私……寂しかったんです……」

ほろりと、目のふちから涙が溢れる。それを律子の指が吸い込む。

「素敵なピアノでしょう？」

律子は床を指して言う。そこには白と黒の鍵盤が広がっていた。

「弾いてみて、私に聞かせて」

「でも」

「どこが、ドの音になるの？」

律子に急かされて、まだ絵の具の匂いが残る床に座る。乾ききっていない鍵盤の真上、宙に指を止める。触れると本当に音が響きそうだった。

「……」

桜は恐る恐る、鍵盤の上で指を構える。そんな桜を見て、律子が寂しそうに微笑む。

「……実はね、私も寂しくてたまらなかったの。あなたと初めて出会ったとき」

ふと桜の周囲に冷たい風が吹いた気がした。それは十年近く前、幼稚園の思い出だ。

冷たい雨の降るクリスマス、おもちゃのピアノから漏れる音だけが陽気に響いていた。

あの幼い音を、むちゃくちゃな旋律を、律子は黙って聞いてくれた……それは偶然ではなかったのではないか。

「律子さん、もしかしてあのとき……私を……捜しに来てくれたんですか？」

呆然と、桜は目の前の律子を見つめる。

「なんで……私のこと、知っていたんですか？」

「ねえ。プレゼントしたいものがあるの。あのとき、渡せなかったもの」

律子は深呼吸を一回。まるで勇気を振り絞るような顔をして、部屋の片隅に置かれた一枚の板を手に取る。

「ひまわり……の絵？」

……それは板ではない。絵だ。

三十センチほどの小さなキャンバスに描かれた、一枚の絵だ。

「あ。これ、あのときの」

思い出したのは冷たいクリスマスの夜。雷と雨音と孤独と寂しさと。鼻の頭が痛いくらい冷えていたこと、指先がかじかんでいたこと、そして冬の匂いと、雨の音。

桜は一気に思い出した。

あの時の律子は、綺麗な緑色のコートを着ていた。雨の中、突然現れて一枚の絵を見せてくれた。

色鮮やかで、幸せそうなひまわり畑の絵だ。幸せそうな女の子と男の子が描かれている。

その絵を見て、桜の喉が鳴る。

「この絵は……？」

「よく、見てみて」

「綺麗な絵だなって……」

「ねえ桜さん、真新しい気持ちで見つめてみて。初めての絵を見るように」

なぜ幼い頃、律子がこの絵を桜に見せたのか。そして、なぜ再び桜に見せるのか。

ひまわり、少女に少年。笑顔、そして、あたたかな……夏の色。

じっと見つめて、桜の手が不意に震える。

「あの……この……女の子……」

……あの時は気が付かなかった。この絵の中央で微笑む少女の顔に見覚えがあった。小麦色の肌、元気のいい笑顔。歯を見せて笑う癖。

少しだけ、桜に似ているその笑顔。

「……お母……さん？」

「そうね。これはあなたのお母さんと、お父さん」

動揺する桜の横で律子の筆が、どんどんと床に広がっていく。五線譜、記号、ピアノの上にはメトロノーム。

床に、壁に、絵の具の香りとともに世界が広がっていく。

「あの、律子さん、なんで」

「あなたのお父さんは……」

振り返った律子はそっと、筆をパレットの上に置く。

「ここにいたの」

律子の声が、鮮やかな部屋に静かに響き渡った。


律子は深い呼吸を一度して、まるで流れるように過去を語る。

それは初めて聞く話だ。

音のない四季の部屋で、父の、母の、聞いたこともない話が響く。

病気で高校をやめた、父の苦悩。

入退院の間に、律子の絵画教室に通っていたこと。

「お父さんが……ここに」

桜は部屋をじっと見つめた。ここに父が居たのだ。そう思うと胸が熱くなる。

「この絵は、咲也君が絵画教室をやめる直前に描いたの。恋人ですって連れてきたのがあなたのお母さん。お医者様になってお父さんの病気を治すんだっていってた」

桜は絵を見つめたまま、その話をじっと聞く。

母はちょうど、今の桜と同じ年代。父もそうだ。

父の真正面の笑顔は、桜の笑顔によく似ていた。

母の顔も、桜の笑顔によく似ていた。

母は父の肩をぎゅっと抱きしめて幸せそうに笑っている。

「咲也君は写真が嫌いで……だから絵にしたの」

この絵が描かれてもう二十数年は経っているはずだ。それなのに、絵はまるで昨日描かれたように美しい。

真ん中に置かれたおもちゃのピアノは、やはり桜の持っているものとそっくりに見えた。

「このピアノは……私の教え子が、咲也君に贈ったの。記念に、私が色を塗って」

律子が懐かしそうにピアノの絵を撫でる。

桜は幼い頃の記憶をたどった。一緒に食べたクッキー。そして、拙いピアノの演奏を聞いてくれた、雨のクリスマス。

律子はすべて分かった上で、桜を見つけてくれたのだ。

「この絵はずっとこの家の奥に隠してあったの。でもね、咲也君がもう長くないって聞いて、この絵は咲也君と陽毬さんに渡そう。この絵を二人のクリスマスプレゼントに。そう思って病院へ行こうとしたときに……」

律子は言葉を濁したが桜には分かる。

あのクリスマスの夜、彼女は桜より先に父の訃報を聞いたのだ。

「桜さんを捜して幼稚園で会えたあのとき、あなたに絵を渡すことも考えたわ。でも後にあなたが咲也君の訃報を聞くのだと思うと、どうしても渡せなかった。だからあの後、手放してしまって……今までずっと捜して……やっと見つけた。やっと渡せる」

「律子さ……」

律子は絵を、桜の腕の中に押し込む。そうすると、まるで両親を腕の中に抱きしめるようだった。

「これはあなたの絵よ。遅くなってごめんなさい」

桜は浮かんだ涙をごまかすように俯く。視線の先に見えたのは床に描かれた鍵盤。

そっと指を置く。まだ乾いていない絵の具が指ににじんだ。

驚いて手を離そうとすれば、律子が桜の指を掴んで力強く頷いてみせる。

桜は息を吸い込み、床に描かれた鍵盤を叩いた。

たん。たん。たん。指に絵の具がにじんで黒くなる、白くなる。それでも桜は指を止められなかった。

「……音が聞こえるみたい」

律子が目を閉じて、耳を済ませる。そこに音はないはずなのに、この静かな家に不思議とピアノの旋律が聞こえた気がした。

「明日はね、観客席の一番いいところで……絵を持ったまま、あなたの演奏を聞くわ。咲也君にも聞こえるように」

その声は桜の中にゆっくりと広がる。十年前と同じように。

「明日は大丈夫。お父さんとお母さんが見てるもの」

腕の中に収まった絵が、あたたかく熱を持ったようだった。

「……この絵を描いたとき……一本のひまわりのドライフラワーをみながら、ひまわり畑を描いたの。それも、あなたのご両親の学校で」

「学校？」

「学校に皆が集まってくれてね、観客の前で絵を描くなんて、初めてのこと。その頃はずっと今より恥ずかしがり屋だったものだから、どうしようって困っていたらね」

「どうしたんですか？」

「池ちゃんが……前にあなたのお店に一緒にいたあの子ね。あの子に、観客は全員イモクリナンキンだと思えって言われたの」

「イモ……？」

「お芋、栗、カボチャ。そういわれたらそんな気持ちになって、びっくりするくらい、スラスラ絵が描けたの。でも描き終わった後に誰かに声をかけられて、カボチャが喋ったわって言っちゃって」

律子は肩をすくめる。

「ひどく、ひんしゅくを買ったの。咲也君も笑ってたわ」

その言葉に思わず桜は吹き出す。笑うと肩の荷が一気に下りた気がした。

「ねえ桜さん、お腹が空いたわね」

そんな桜を見て、律子が手をのばす。

「私ね、空腹が一番嫌いなの。だってお腹が空くと寂しくて悲しいわ。だから、お腹が空いたらすぐご飯を食べることにしているの」

「お母さんも……言ってました」

誰よりも空腹に弱い人を思い出し、桜は苦笑する。

「でしょう」

だからご飯にしましょう。

まるで踊るように階段を下り、律子は二階に向かう。キッチンでは何かが作られている。熱い湯気で息苦しいほどだ。そんな湯気に包まれて、二人はまだキッチンに立っている。

夏生は驚くように振り返ったが燕は振り返らない。

そんな燕の背に向かって、律子は声をかける。

「燕くん、お腹が空いたわ」

深夜を回ったこの時間に、不思議なほどこの言葉が綺麗に響いた。

「二人とも、先に手を洗う」

桜と律子を見ても燕は一切動じない。

「まあ、スープ？」

手を洗い、食卓につく。小さな丸テーブルの上には、大きな鍋が一つ。

それは、黄色い卵のスープだ。まるでひまわりのような、綺麗な黄色が鍋いっぱいに広がっている。

「餃子スープです」

燕は平然と言うと、小さなお椀にスープを注いだ。黄色のスープの中から、驚くほど綺麗な緑色の餃子が顔を出し、律子が嬉しそうな声を上げる。

「ひまわりの黄色に、緑の茎の色」

「深夜に餃子を作ったのは初めてです」

燕は淡々と言うが、よく見れば少しだけ眉が下がっているのが分かった。

嬉しいんだな。と、桜は少し感動する。感情が見えにくいだけで、彼は驚くほど感情豊かだ。

「宝石みたいね」

律子は箸で餃子を掴むと、うっとりと呟く。

それは色鮮やかな水餃子だ。白くて薄い皮の向こうに、鮮やかな緑が透けて見える。

わざと電気をつけず、暗いままで囲む。水餃子だけが水分をまとってぴかぴかと輝いているようだった。

「翡翠みたい」

うっとりと、律子が言った。

「ヒスイ？」

「グリーンの宝石。幸せと希望の象徴。あなたたちの学校の、制服の色」

「でもそれ、ほうれん草だよ」

夏生は相変わらず、眉を寄せたまま。しかし、どこか楽しそうだ。先日より、ずっと表情が明るい。

「夏生も作ったの？」

「桜よりは上手だろ」

言って、持ち上げたのは形の崩れかけた水餃子。

吹き出しそうになるのを我慢して、桜はあえて形の悪い餃子を掴み上げる。

スープの中から顔を出したそれは、もろもろとした卵を薄くまとって、美味しそうに輝いている。

箸で掴むと、ずしりと重い。落とさないように気をつけて、思い切って一口で。驚くほどあっさりと口の中に滑り込んできた。

もちもちと柔らかい餃子が口の中いっぱいに広がって、喉の奥がきゅっと痛くなる。そして同時に、胃が大きな音で鳴る。

あわてて腹を押さえると、夏生が吹き出す直前のような顔をした。

「水餃子ならあっさりとして美味しいわね。スープも、あったかくて美味しいし」

しかし構わず、律子は楽しそうに言う。

「……こんな時間に水餃子を食べたの、初めてです」

「みんなそうだろう」

燕はこの時間まで起きていることが常なのか、眠そうな気配もない。

（そういえば……私も眠くない）

律子にすべて吐き出したせいなのか、昨日からの興奮が続いているのか、不思議と眠くないのだ。

ダイニングにかかった小さな時計は、明け方四時を指し示している。

「雨はおしまい。夜もあけていくわ」

律子が立ち上がり、窓の外を見る。

外はほんのりと、朝が来ようとしていた。

まだ少しだけ雨が降っているが、それは囁くような優しい雨だ。

桜も立ち上がり、窓に触れる。

外に広がるのは薄く青く、紫色。まだ夜と朝の境目。朝靄のような霧がうっすらとかかっている。月が雲の隙間からぼやけて見える。

月はひまわりと同じ金の色。席の隣に置いたひまわりの絵に月光がにじんで、柔らかい色に染まっている。

月光というソナタの曲を、桜は不意に思い出した。窓に指を這わせる。その指は、たしかにその旋律を刻んでいく。

「こんな時間まで起きてたの、久しぶりです」

「……色んな悲しいことがあっても、こんな夜が思い出になって、重なっていくのね」

その言葉は、桜にしか聞こえなかっただろう。

律子はその重苦しい空気を振り払うように、皆を振り返る。

「起きておくための用意をしなくちゃ。ねえ夏生君、人のヴァイオリンって弾ける？」

突然声をかけられて、夏生は慌てたように水餃子を飲み込む。

律子が部屋の隅から取り出したのは少し古ぼけたヴァイオリンケースだ。

「教え子たちが音楽に目覚めたことがあったの……ある人の影響でね」

律子はそう言いながら桜に微笑みかける。それは、父のことだ。そう思うと桜の胸が熱くなった。

「……すっげえ、いいやつだこれ……触っていいの？」

「もちろん」

律子が差し出したヴァイオリンはケースこそ古いが、中はぴかぴかに磨かれている。弦も不思議と調律されている。

高級なそれを、夏生は少し興奮したように肩にのせる。恐る恐る弾くと、それは深くて綺麗な音がした。

「ピアノもあるのよ。コンサートが開けるわね」

律子が桜の手をとり、新品のピアノの前に座らせる。蓋を開ければ、薄暗い中に鍵盤だけが輝いてる。

「あの、律子さ……」

「私は絵を描くわ。燕くんはどうする？　歌う？」

「いや、片付けがあるので……」

声をかけても、律子はすでに筆を握っている。燕は食器を運び蛇口をひねる。

不規則に水の流れる音と、冷蔵庫の唸る音。そして律子の筆が紙をこする音。

音はそれだけになった。

「あの、律子さん、私」

「おい、桜」

とん、と背を突かれて、振り返ると夏生が立っている。

彼は緊張するように拳を桜に向けた。小さな拳だ。桜は膝の上できゅっと握った拳を、
ゆっくり持ち上げ……。

「うん」

こつん、と拳は宙で混じり合う。

「月光？」

夏生が窓の外を見て言う。そこには明るく輝く月がある。

「うん、私もそう思ってた」

ゆっくりと。と、かつての先生の声が蘇る。

落ち着いて、ゆっくりと、繊細に。

ピアノは、音は、逃げないのだから。

その声を何度も思い出し桜は鍵盤に指を置く。撫でるように、そっと押せば頭の中に五線譜がふわりと浮かぶ。

桜は幼い頃から、焦って鍵盤を叩く癖がある。

ピアノを弾くたびに、先生の神経質な指にそっと押さえられた。焦らないで。ゆっくり。と、何度も言われた。

……それは、何かに急かされていたからだ。忙しい母に少しでも長く聞いてもらいたい。夏生の音に遅れたくない。

（ゆっくり……繊細に……）

しかし今は明け方前、皆が眠る時間に焦りは必要ない。

やがて、桜の手元から音が溢れた。繊細な、まるで月のあかりが降り注ぐような優しい音色。重い雲が晴れて、そこからゆっくりと光が注ぐような……そんな旋律。

気がつけば、恐怖も焦りもなにもない。ただ。腕が動く。

自然に、緩やかに。アダージョ、アダージョ、アンダンテ。先生の声が聞こえてくる。

夏生のヴァイオリンの音が静かに響く。二人の旋律は一瞬ぎこちなくぶつかったが、やがて桜の音に夏生の音が応えるように重なり、追いかけ、混じり合っていく。

その音に、律子の筆の音と燕の水を使う音が重なり、それはまるで色と音のカルテット。

「……上手だな」

まるで驚くような顔で燕が呟くのを聞いて、

「カボチャが喋ったわ」

と、律子が吹き出す。つられそうになるのをこらえ、桜は一楽章を弾き終えた。

「なんて綺麗な演奏会」

最後の音の余韻に、律子が呟く。

その声に応えるように、外の雨が止む。

気の早い蝉が、歌うように急に声を張り上げた。


「いけるか?」

「……大丈夫」

桜たちが会場についたのは、発表会の始まる三十分前のことだった。

まだ湿っている制服に着替え、ステージの脇に待機したのは十五分前。二人揃ってステージの端から客席を見る。

客席は大入り満員だ。春の苦しみを思い出しかけたが、それはやがて薄れた。

ちょうど真ん中の席に、律子がいた。その右側には燕。

律子はまるで宝物を抱えるように、ひまわりの絵をこちらに向けてくれている。

「……」

夏生が桜の肩を叩き、スマートフォンの画面をみせた。そこには、みゆきと店長が手を振る姿が映っている。

みゆきの腕の中には、小さく赤い頭が見えた。慌てて手を振り返すと、みゆきは「落ち着くように」というように、胸に手を当て深呼吸の真似をしてみせた。

……まもなく、桜の出番なのだ。

「桜、おばちゃん、見られるって」

こそこそと、夏生が桜に耳打ちをする。続いてスマートフォンに映ったのは、母の顔だ。少しだけ気まずそうに、少しだけ嬉しそうに。

それを見て、桜は描かれた母の顔を思い出す。あの時代からちっとも母の顔は変わっていない。

あんな笑顔の下で、どれだけ寂しかっただろう。不安だっただろう。笑顔で不安を押し隠す癖は、桜とそっくりだ。

今も、困惑したように微笑んでいる。

母が口を開くより先に、桜は夏生のスマートフォンを奪っていた。

「お母さん」

ごめんなさい。その言葉を、桜は飲み込む。

「……私ね、寂しかったの」

代わりにこぼれたのは、素直な声だ。泣きそうな声をぐっと堪える。画面を見ると、母も同じような顔をして、思わず笑ってしまう。

「だから、帰ったら、お父さんの話を聞かせて。顔が良くて、音楽が上手で病気がちだったこと以外に。そしたら……私もちゃんと、謝るから」

桜が言い切る前に、会場にアナウンスが流れる。それは桜の順番を告げる声。

「じゃあ、行くね」

『あ……桜』

母の声が、スピーカーの向こうにかすれて聞こえる。

『が……頑張って』

「うん」

夏生の拳に自分の拳をぶつけ、桜は胸を張る。真っ白なステージに、黒い革靴がきゅっと擦れる音をたてても、もう怖くはない。

客席に向かって一礼。膝の震えを押し隠して椅子に座る。幕の向こうで夏生が大きく腕をあげているのがみえた。

夏生が掴むスマートフォンの画面、母の姿が映っている。

母は、白衣だ。その恰好のまま、手を振っている。誰かに撮影を頼んでいるのだろう。

やがて母は黒い塊の前に座る。遠くてよく見えないが、それはきっと病院のレクリエーション室にあるピアノだ。幼い頃、桜も父とよくそこでピアノを演奏した。

画面がふと揺れると、続いて小さな女の子と男性が画面に映る。笑顔で画面に向かって手を振る……それは、火事で怪我をした、あの人だ。

幼稚園の女の子は、以前、母と一緒に写真に写っていた子だろう。

去年見た彼女はもっと小さくて、桜の腕の中でずっと泣き叫んでいた。たった一年と少しで、彼らは満面の笑みを浮かべて、母と一緒にそこにいる。

（……）

桜もピアノの前に腰を下ろそうとして……まるで弾かれたように立ち上がる。

突然の桜の行動に会場がざわめいた。夏生も驚くように目をむいている。

しかし気にせず、桜はステージ脇の階段から一気に観客席に駆け下りた。

監視員が驚いて腰を浮かすが、その隙間を駆け抜けて観客席に滑り込む。

……そこに、律子がいた。燕がいた。驚く燕を押しのけ、律子に手を伸ばせば、彼女は察したようにすぐさま桜の手に、硬いキャンバスを押し込む。

がんばって。律子の口は、小さくそう動いた。

頷いて、駆け戻る。ステージの上は光で真っ白に染まって、眩しいほどだ。

ピカピカ光る床に跳ね返る白い光。黒い群衆。低い囁き声に高い声。

不穏な音に一瞬心がくじけかけた桜だが、ステージの横に置かれた大きな看板を見た途端、心音がゆっくり落ち着いていく。

それは燕の描いたポスターだ。ちょうど真ん中に描かれた桜は、少し目を細めて顎を上げている。自信に満ち溢れたその顔を見て、桜自身の顔も引き締まった。

力を込めて、桜は観客席を見渡す……そこにあるのは、ただ黒い固まりだ。

(うん……カボチャだね、律子さん)

律子のことのことを思い出せば、少しだけ心が温かくなった。

目を吊り上げる監視員に頭を下げてピアノの前に。桜は絵をわざとステージ脇に見えるような位置に置く。

キャンバスの裏側には、走り書かれた文字が見えた。

〈SとH、真夏のひまわり畑にて　R〉

夏生が慌てて、スマートフォンを絵に向ける。

母の顔は訝しげなものから、驚き、動揺に変わり……やがて母は鍵盤に指を置いた。

いち、に、さん。音は聞こえないが、なぜか聞こえた気がする。

母の癖は、目を閉じて「いち、に、さん」と音をとること。

そして、桜の癖も、母にそっくりだ。

きっと父も、同じように音をとったのだろう。

桜の指が鍵盤を弾くと、綺麗な高音が響いた。怯えたのは一瞬のことだ。

指が自然に動く。楽しく跳ねる。最初、鍵盤から響いたのは、クリスマスソングだった。

賑やかで明るくて少し寂しく、同時に甘くてかわいい、冬の音。

バタークリームケーキや、甘いクッキー。サンタクロース。ジングルベル)

(あわてんぼうの、サンタクロース。ジングルベル)

画面の向こうで母が戸惑うような顔を見せ、夏生も必死に首を振った。会場も、不安そうにざわめく。監視員がゆっくりと立ち上がるのが見えた。

こんな季節外れの音楽、意味が分かっているのはこの広い会場で律子と桜だけだ。

共犯者の笑みを、桜は会場に向ける。きっと律子も同じ顔で笑っているはずだ。

(今日の……課題曲は……)

桜は目を閉じ、リズムを刻む。頭の中に五線譜が流れてくる。暗譜は得意だ。目を閉じていたってピアノは弾けるのだ。

陽気なクリスマスソングは、だんだんと荘厳な音に変わり始める。

(……私のお父さん)

いち……に……さん。

桜は息を吸い込み、鍵盤に指を滑らせる。

その指に、父の指が重なってみえた。

昔、一緒にピアノを弾いた。細くて、長くて、そして力強い指だ。

かつてこの手が桜と約束を交わしたのだ。

弱々しい力で、しかし力強い声で「お母さんをよろしく」と父は言ったのだ。

(お父さん……あの後……なんて言ったんだろう……)

桜の手から、ゆっくり音楽が広がっていく。音とともに父の声が思い出される。

父に頼られた嬉しさに、桜はその後の言葉を聞き漏らした。

後で教えてもらおうと思ったが、そのチャンスは二度と訪れなかった。

（お母さんを……よろしく……守って、お母さんは戦う人だから……でも）

……でも、寂しい時は、絶対に無理をしないで。

父の掠れ声が不意に桜の中に蘇り、指が鍵盤の上で大きく跳ねた。

慌てて顔を上げるがそこに父はいない……しかし、聞こえた。ピアノの音の向こうに確かに聞こえた。

『桜、寂しいときは我慢しないで』

それは確かに父の声だ。今、はっきりと桜の中に蘇る……なぜ、今まで忘れていたのか。

父は、桜になにも強要していない。

父は、繰り返し言ったのだ。苦しい声の向こうで。

（寂しいときは、泣いてもいいからピアノを弾いて。僕も、そこにいるから）

父はピアノを弾きながら言ったのだ。

（忘れないで。いつでも、桜が大人になっても、ピアノを弾くときはずっと一緒だよ。お母さんも、お父さんも）

父の体はどんどんとやせ衰えていったが、それでも彼の指だけはいつまでも力強かった。

（……だって、僕たちは、同じ指を持っている）

父の指は魔法の指だ。どんな時でも綺麗な旋律を響かせることができる。

桜も母も魔法の指を持っている。三人はいつも美しい旋律を生み出してきた。

だから桜は音楽だけは捨てられなかった。音楽は桜にとって一番の薬だったのだ。

……それは今も。

鍵盤に指を這わせると、父の指も母の指もそこに重なる。

……やがて三人の指が、重なった。

旋律が桜の指から溢れる。一気に音が溢れて会場を満たしていく。

(私の、お父さん)

ゆるやかで、壮大で、まるで川の流れのような優しい旋律は色づくように会場をめぐり、桜に注ぐ。

最初にピアノを教えてくれたのは父だ。

才能を伸ばしてくれたのは、母だ。

……音も両親も、桜を置いていったりしていない。

ピアノは楽しいだろう？　と、父の声が聞こえた気がする。

(……うん、楽しいよ)

桜の指から溢れたのは、光の色をまとう音だった。

手巻きサンドイッチと黄金オーケストラ

七月下旬になっても、梅雨はあける気配をみせない。

じめじめと雨の続く日曜日、カルテットキッチンの入り口に『幕間中』の看板が一枚かけられた。

外は雨。激しい雨の音も聞こえるが、彼女はもう怯える色をみせない。

弾けるような伸びやかな声だ。走っているのか、息が少し上がっているようだった。

燕の耳元……スマートフォンから桜の明るい声が楽しそうに響く。

『それで、あの発表会、受賞はもちろん無理でしたけど……』

『有名な先生が私の演奏を気に入ってくれて、夏休み、教えてくれることになって』

燕は椅子に腰を下ろしたまま、スマートフォンを耳に押し付けている。

燕の目前にはカルテットキッチンの広い壁。単調だった木の壁は、色鮮やかな一枚のキャンバスに生まれ変わった。

青空、森、その中に様々な楽器を演奏するオーケストラ。

空は夏特有の抜けるような青色……そんな絵が今、誕生しようとしている。

絵の前に立っているのは、律子だ。彼女は腕をいっぱいに伸ばして、無我夢中に絵を描いていた。

燕は絵の具で汚れた指を拭いながら、スマートフォンを肩で押さえ桜の声に耳を傾ける。

「良かったな」

『夏生と今、その話聞いたところで……ともかく今から店に戻ります。母もやっと土砂崩れの件、落ち着いたみたいで、一週間ぶりに家に帰ってくるって』

桜の声はすっかり明るい。人見知りの癖もすっかり消えた。無邪気な声は、電話から漏れて店の中に響き渡る。

『……あとみゆきさんたちも、そろそろ病院の検査から帰ってくる頃だし……そうそう、生まれた子、名前は夏美《なつみ》ちゃんって決まりました』

「夏美？」

『夏生まれだから』

絶対嫌だっていったのに。と、隣から夏生の叫ぶような声が聞こえた。

『名前の付け方、うちの親と似てるんです』

桜は弾けるように笑う。

苦しみもがくような色は、もうない。

あの日……あの発表会の日、桜は突然ステージを駆け下りる、という前代未聞なことをしでかした。

そして監視員が止めるより早く、彼女は演奏を始めたのだ。それも、演題曲とは異なるクリスマスソングを。

燕に音楽の良し悪しは分からない。しかし桜のピアノは、綺麗だった。ざわめく観客席が静まり返るほどに、美しいピアノの音だった。

クリスマスソングから課題曲へ、まるでグラデーションのように音が繋がり、それはやがて荘厳な旋律となった。

その時にはもう、桜を止めようとする人間はいなかった。

ステージの上、一人でピアノに向かう桜の背はまっすぐに伸び、まるで音に包まれているようだった。

幸せそうに楽しそうに彼女の腕が動き、まるでダンスをしているようにも見えた。

それは律子が絵を描く時と同じ。

夢中になると、二人ともまるで踊るように見えるのだ。

『あの……律子さんもそこにいますか？』

「ああ」

『良かった。あとでお礼言わなきゃ……じゃ、またあとで』

元気のいい声は、やがて雑音とともに勢いよく切れた。

「やっぱり、桜さんをお迎えに行けば良かったわ」

律子が腕を止め、燕を見上げる。

「……こんな雨の中を？」

燕は外をちらりと見る。ガラスの向こう、斜めに吹き付ける雨が見えた。

横殴りの雨に煽られて、表に立て掛けた看板がまた音をたてた。

看板は幕間中、つまりはリフォームにつきおやすみ中。

店長の鶴の一声で、店のリフォームが始まったのは一週間前のことだ。

せっかくだから、古い壁には絵を描こう、キッチンを修繕し、扉を直し、机も椅子も作り直そう。気がつけば、大掛かりなことになっていた。

当然、一週間で終わるはずの改修はまだ終わっていない。

床は貼り直しの途中で壁の絵もできていない。キッチンの工事も終わっていないので、燕のバイトも休業中だ。

再開記念日となるはずだった今日も、結局、決起会と名前が変わった。

「じゃあせめて、うちの家に電話を置くのはどうかしら。燕くんばっかりお話できてずるいわ。私も桜さんと電話で話してみたいのに」

「……桜と随分仲良くなったみたいですね。絵のこと、父親のこと。演奏会が終わるまで秘密にすると言ったのに」

「音がないと、このお店は寂しいわねね」

「律子さん、ごまかさないで」

聞こえないふりをするのは、律子の悪い癖だ。燕はわざと律子の前に滑り込んで、彼女を軽く睨む。

「燕くん、あのひまわりの絵、あれを見てどう感じた？」

律子はカウンターテーブルを指す。

そこには塗装の終わったピアノのおもちゃと、ひまわりの絵……そして咲也の描いた田園風景の絵が揃って並べられている。

「……綺麗だと」

「でもね、綺麗じゃないって、昔は思っていたの。だって……間に合わなかったから」

間に合わない。とは、咲也のことだ。彼女は十年前、教え子の最期に間に合わなかった。

律子は筆で壁を撫でながら、懐かしそうに微笑む。

「……でも、あの子が、綺麗って言ってくれたの」

「桜が？」

「昔々の話。桜さんが幼稚園の頃……クリスマスの夜」

律子がとつとつと呟く。

「……この絵を病院へ持っていこうと思った矢先、訃報を聞いたの」

律子は少し苦しむように、拳を握る。

かつて彼女は夫の死の直前、黄色を使って絵を描いていた。

今度は黄色の絵を運んだ時、教え子の死を知った。

律子はきっとその時、夫の死を思い出したはずだ。だから絶望し、絵を手放した。

「でもその日、桜さんが家に帰ってないって聞いたの。その日は陽毬さんと二人で面会に行く予定だったんですって。幼稚園でお母さんを待っているって気づいたわ。雨の中で待つあの子を、放ってなんておけなかった。だからあの夜、思い切って声をかけたの」

律子は自身の描いた黄色を、じっと見つめる。

「その後もずっと、二人のことは気にかけていたけど、できるだけ介入はしたくなかった。だって、今更……名乗り出ても何もできないもの。でも三年前、燕くんに会って」

律子は三年前を懐かしむように目を細める。

暑い夏、虫の声、精彩を欠いた公園の風景……燕はそれを思い出す。

「……色を取り戻して」

彼女はパレットに黄色を作って、そこに筆を置く。壁に塗ってみると、それは昔の黄色よりもう少し優しい色。新しく生まれ変わった『律子の黄色』だ。

「……ひまわりの絵を思い出したの。あれは手放しちゃいけない絵だった。どうしても見つけて、あの子に返そう、そう思ったの。だって、お父さんの真正面の顔は、ここにしかないんだもの」

律子は一筆一筆、命を生み出すように丁寧に色を塗る。

「もしかして、あなたが……クリスマスに幼稚園で絵を描くのは」

燕はふと、思い出した。彼女は年に一度、クリスマスの日に近所の幼稚園に絵を贈る習慣がある。それは燕と出会った年を含め、ずっと続いている彼女のイベントだ。

「もう隠し事はないといったはずなのに」

「燕くんだって」

しかし律子はいたずらっぽく笑って、鞄から一枚の白い封筒を取り出した。それを見て燕は息を呑む。

「ほら、これ」

「隠しておいたのに」

それはシンプルな封筒。後ろには、美術工房の名前が刻まれている。

律子は同じ鞄からリーディンググラスを取り出して、それをじっと見つめた。

「何度か面接に行ってたでしょ。私、知ってるの。だってスーツを着た燕くんはすごく綺麗だったから」

中に入っているのは、内定通知書だ。それは田中の紹介を受けて訪れた、小さな工房。

絵の具の香りと筆の音だけが響くそこで燕を待っていたのは、穏やかな男性だった。

何回かの面接のあと、内定通知を受け取ったのは昨日のこと。

律子は手を叩き、微笑む。

「おめでとう。ここのバイトは、もうやめちゃうの？」

「……いえ。まだ目標に達していないので……もう少しがんばります」

「燕くんが桜さんと知り合いになって……絵を渡すきっかけになれば、と思ったのは確かだけど……なんでここでバイトをするつもりになったの？」

燕は、律子の顔にかけられた美しいリーディンググラスをじっと見つめる。

それは、宝石のような色があしらわれた、彼女お気に入りの一品。

……柏木からのプレゼントで、彼女がここまで大事に使うものはこれだけだ。

「……を、買い直そうかと」

「なにを？」

「……ちょっと欲しい物があっただけです」

バイトを決めたのは、子供みたいな嫉妬心だ。

眼鏡を一つ、買い直すだけの金が欲しかった……などとは、口が裂けても言えそうもない。だから燕はきゅっと口を結ぶ。

「今後はお互いに秘密をあまり持たないようにしましょう」

「でもねえ。全部見せるより、ちょっと秘密があるほうが素敵だと思わない？」

やぶ蛇になりかねない会話を打ち切り、燕は壁の絵を見る。絵は、どんどんと完成に近づいている。

「きっと燕くんだって卒業して働き始めたら……秘密を持つようになるのよ。それは仕方のないことだわ」

「まさか。僕はいつだって素直なものですよ」

「あら、賭けてみる？」

レコードを修理に出しているため店は静かで、二人の声だけがゆるやかに響く。

普段なら賑やかな桜も夏生もいない。

最近は忙しすぎて、こうして律子と静かに過ごすのは久しぶりのこと。この懐かしい湿度に、燕はほっと息を吐く。

「卒業なんてまだ先ですよ。定期発表会の絵もありますし、卒業制作も……」

「すっかり燕くんも大人っぽくなっちゃったし」

その声が少し寂しそうに響き、燕は筆を止めた。

「子供だと思ってたのに。みんなすぐに成長しちゃうんだから面白くないわ」

「律子さん」

静かな店内に燕の声が響く。

「……あの人から、『また』あなたが寂しがると聞いたんですが」

思い出したのは柏木の言葉だ。この店で、柏木は言ったのだ。

急に大人になると『また』律子が寂しがる。

「……それは、どういう意味ですか？」

「やあ少年。聞いたぞ、おめでとう。修復師だって？　いいじゃないか」

しかし燕の質問は、途中で途切れることとなる。

「うんと高級な就職祝いをくれてやるよ。楽しみにしてな」

「池内女史、私もそれに一口乗りましょう」

　扉を豪快に開けて池内が入ってくる。後ろには、ワインの袋と花束を抱えた柏木が顔を出した。そして二人揃って燕を見つめ、嫌みな笑みを浮かべて見せる。

「どうしてあなたたちまで」

「少年の初バイト先の改装だからな」

「あなたには、言ってませんが」

「ツメが甘いぞ少年。律ちゃんに言えば、全部私に筒抜けだ。覚えておけ」

　燕の顔をニヤニヤ見つめる彼らのすぐ後ろ、また扉が開く。

　続いて現れたのは大きな傘を持つ、みゆき夫婦、小さな妹を恐る恐る運ぶ夏生の顔。

「ただいま！　わ、すっごい！　見てよ、日向君、壁に絵が！」

　先ほどまで静かだった室内が、一人増えるごとに賑やかになっていく。

（色が重なるみたいな……音が重なるみたいな……）

　扉が開くたびに、この喫茶店に色が重なっていく。

「大島君、お師匠様も、ありがとう。美術館みたい！」

「みゆきちゃん、すごいなあ、これ！……ああ、この方が、大島君のお師匠さん？　えっと……どこかで会ったこと……あったかな？」

　身軽になったみゆきは飛んで喜び、少しやつれた店長もその手を取って喜んでいる。

　見た目より勘のいい店長は少し訝しげに律子を見つめたが、それだけだ。

「気のせいかな。僕は女の人は一度見たら、忘れないから……特にこんな綺麗な人は」

ふざけて笑い合う彼らは、目の前にいる律子が誰であるか分かっていない。

しかしそれは桜と律子の秘密だ。だから、燕も口を閉じる。

「ただいま、律子さん！」

続いて店に飛び込んできたのは、桜。そして、一歩遅れて現れたのは……。

「陽毬！」

みゆきが弾かれたように飛び上がり、嬉しそうに白衣の女性に飛びかかる。

「おかえりなさい！　久しぶり！」

そこに立っていたのは細身の女性だ。少し年をとってはいるが、ひまわりの絵と同じ顔をしていた。

彼女は少し遠慮がちに、桜から距離を置いている。

発表会の日から一週間、彼女は病院にこもりきりだった。そのせいか、少しばかりよそよそしい。

「みゆき、おめでとう……女の子、頑張ったね」

「桜ちゃんみたいにいい子になってくれるといいんだけどね」

みゆきと話をしながらも、陽毬は居場所がないようにじっと、小さな手を握りしめている。桜も陽毬から少し距離をおき、戸惑うように律子の顔を見つめている。

そんな微妙な空気を破ったのは、みゆきだ。

「どうしちゃったの、二人とも」

彼女は陽毬の肩と桜の肩を掴むなり、力いっぱいくっつける。そして二人の肩を思い切り、律子の前に押し出した。

「なになに、辛気臭い顔しちゃってさ。ほら、みて。素敵な絵を描いてくれた大島君と、そのお師匠様。さ、ご挨拶して」

それだけ言うと、みゆきは燕に向かって拳を小さく振り上げて笑う。

店の中央へ駆け出していく彼女の目から濁りは消えて、吹っ切れたような明るさだけが灯っていた。

「あの……ね……お母さん」

母親とぴったりとくっついた桜は少し戸惑うような顔を見せるが、やがて彼女は勇気を振り絞るようにつま先立ちになり、陽毬に耳打ちをする。

陽毬は驚くような顔で律子を見て一度震え……そして、小さく頭を下げた。

律子はそっと二人の前に立ち、手を差し出す。少し照れるように、少し緊張するように。

「すっかりお婆ちゃんになってしまったわ。私のことが分かるかしら」

凝り固まっていた陽毬の手が、律子の指に触れる。指先についた黄色の絵の具を握りしめるように、恐る恐る、しかし強く。

「ただいま……お久しぶりです、先生」

「おかえりなさい、陽毬さん」

そしてようやく、二人は微笑みあった。

その後しばらくすると、店は十数人の人間で溢れることとなる。店長の所属するボランティア楽団が、花束を持って現れたのだ。

オープンまだだって、伝え忘れた。と、店長は楽しそうに笑い、楽団の人々は呆れ顔のままつられて笑った。

「せっかく集まったんだし。防音壁のチェック代わりに適当に演奏しようよ」

そんな店長の明るい声に、誰かが持ち込んだフルートが音をたて、桜がピアノを弾けば夏生がヴァイオリンの調整を始める。まるで音が、部屋中に溢れるようだ。

「なので、適当に食べる、飲む、弾く。あ。もちろん、絵を描く人は描く方向で！」

「食事、ありますよ。軽食ですけど」

燕は呆れ顔で、テーブルに大きな皿を運んだ。

店で一番大きな皿の上、耳を落とした真っ白い食パンを薄切りにして盛り上げてある。

その周囲を囲む皿には、キュウリ、カニカマ、海苔に卵、ウインナー。いろんな具材がのせられ、その隣にはバターや何種類ものジャムも用意されている。

……どうせ今日は人がたくさん集まると聞いていた。

店のキッチンは使えず、家から料理を運ぶといっても限界がある。

そこで思いついたのが、手巻きサンドイッチだ。

「サンドイッチ！」

店長が目を丸くして、皿を見つめる。

「これ、適当に自分で挟んでいいやつ？」

「ええ、お好きにどうぞ。冷蔵庫に生クリームとカスタードとフルーツもありますから」

その言葉に律子と柏木だけがかすかに反応した。

昨夜、燕は律子が気に入っているパン屋で、サンドイッチ用の食パンを買い込んだ。

朝から卵を焼き、家に余っていたジャムにはちみつ、バターを用意する。ジャムとバターを混ぜたジャムバター、カットフルーツも準備した。

持て余していた贈答用のベーコンを焼いて、ハンバーグもチーズを絡めてたっぷりと。

さらに生クリームを泡立て、カスタードクリームを人生で初めて作った。それを皿に盛り上げると、色鮮やかな花束のようになった。

「私もお手伝いしたのよ」

「ジャムを選ぶところだけですけどね」

「じゃあ私、卵で！」

「桜っ！　転けるって！」

桜が簡易ステージから軽々飛び降りて、また夏生が怒鳴る。そんな二人の声にみゆきと店長のヴァイオリンとチェロ、陽毬のピアノが重なった。

真ん中のテーブルには、大量に積まれたサンドイッチとそれに群がる人たち……。

「色々と用意したので、お好きにどうぞ。律子さん、どれにします？」

「私はねえ……」

律子の指示通り、カニカマにカボチャのペースト、ツナをパンにたっぷりのせる。薄いパンで挟んで渡せば彼女は早速それを頬張った。

燕もナスのペーストを薄く塗っただけのサンドイッチをくるりと巻いて、口に運ぶ。

色々な具材があるおかげで、サンドイッチのコーナーは大賑わいだ。一歩引いて、そんな風景を見る。

室内に響くのは、人の声、楽器の音に、様々なメロディ。

柏木は店長に誘われて渋々楽器を握り、予想外に下手な音をたてる。

夏生は両手にサンドイッチを持って頬張り、桜はピアノのおもちゃを楽しそうに弾く。

店長の昔馴染の面々が、桜の演奏にあわせて、フルートを吹き、サックスが鳴り響く。

ひまわりの絵はステージの横に置かれ、まるで音に包まれていくようだ。

「少年が立派に成長しているせいで、律ちゃんが……また寂しがるな」

そんな音を邪魔するように池内が、燕の横に滑り込んでくる。音もなく現れるのは彼女の得意技だ。

手には、ぎゅうぎゅうに具材を詰めたサンドイッチを握りしめている。ハンバーグ、チーズ、ローストビーフにベーコン。

「……また、ってなんですか」

「教えてほしいか、少年」

池内は大きな口をあけてぺろりとサンドイッチを平らげる。彼女も大食漢だった。

「よし、じゃあサンドイッチの礼に一つ教えてやろう」

そして相変わらず相手を見透かすような顔で、指を拭って燕を見る。

「……二年前、少年が学校に戻った頃、課外授業で何日か家を留守にしただろう」

「池ちゃん！」

と、池内が話し始めた途端、律子が飛び上がってこちらに駆けてくる。彼女は耳だけはいいのだ。

「あのときはなあ、そりゃあ律ちゃんが寂しがって」

「池ちゃんったら！」

「律ちゃん、そのときに今回のこと、思いついたんだろ。この悪巧みを」

まだなにか言おうとしている池内の背を、律子が押す。池内は唇についたマヨネーズをぺろりと舐めて、燕の顔を肩越しに見た。

「あとのことは任せたぞ……青年」

池内の声に調律の音が重なる。しかし、彼女が最後に放ったその呼称は、燕の心を少しだけ、強くした。

律子が珍しく戸惑うように顔を伏せ、背を向ける。

「……もう、口が軽いんだから」

「律子さん」

それを逃すまいと、燕は律子の腕を取った。

「寂しかったって本当ですか?」

「……だ、だって」

燕が律子の家に住み始めてちょうど一年経った頃、大学の授業で一週間の泊まり込みの課外授業があった。

あの時は苦痛で仕方がなかった。あの家から……律子から一日でも離れると、寂しくて仕方がない。

……自分だけがそう感じていると、思っていた。

「それは……急にいなくなったら……寂しいわ」

しかし律子は少し照れて数歩、燕から離れる。そして、戸惑うように言った。

「……家族だもの」

わあ。と誰かが声を上げ、店が一瞬歓声に包まれる。

その声に驚いて、燕はその声の方向を見た。

「晴れてきた!」

誰かが嬉しそうに言う。

雨が段々と晴れてきたのだ。この店は窓が大きく、雨もよく見えるが日差しもよく届く。

グレーの雲が押し流されて、青空が見える。遠くに薄く虹がかかっているようだ。

窓についた雨のしずくは夏らしい日差しを吸い込んで、黄金色に輝く。ひまわり柄のステンドグラスに当たった日差しが、木漏れ日のように店内に降り注ぐ。

複雑な黄金の光が今、律子の描いたオーケストラの絵を明るく照らし出した。

ひまわりの絵も、田園の絵も、まるで黄金の海に揺らめくようだ。

もう梅雨明けだ。暑くなるぞ、と店長の楽しそうな声が響き、赤ん坊の夏美が、弾けるような泣き声をあげた。

(家族……か)

夏生の言った言葉を燕は不意に思い出した。

あのカルテットの夜、あそこに血の繋がりはなかった……しかし、確かに強い絆は存在していた。

それは、今この瞬間も。

(俺は……家族に……固執しすぎていたのかも)

燕の自室に置かれたままの、顔のないままの家族の肖像。

そこに温かさなどかけらもない。しかし家族はそういうものだと、燕は諦めながらそう思っていた。

燕は頭の中でその絵を白く塗りつぶし、代わりに一つの絵を思い浮かべる。

段々とそれは、頭の中で一枚の絵になっていく。

桜の顔、夏生の、みゆきに、陽毬に……律子。

それは燕にしか描けない、燕だけの家族の絵だ。

(思い……ついた)

黄金の筋は、二本、三本、四本。どんどんと増え、改装中の店内が光に満ちていく。

そんな光を、律子が目を細めて見つめていた。

二年前、この人がどんな顔で寂しがったのか、見てみたかった、と燕は思う。

「律子さん」

燕は息を吸い込み、律子の横に立つ。

先ほどの律子の言葉がようやく燕の体に染み込んで、指の先まで熱で満たされた。

「今度は僕も、悪巧みに参加させてください」

新しい家族の絵には、律子を真ん中に描こう、と燕は思う。

彼女の立ち位置は常に真ん中で……そして燕の隣だ。

今の律子はカウンターの席で燕と二人きり。燕は冷たい椅子をぎゅっと握りしめる。指先がじんわりと、熱くなっていく。

「家族なんですから」

「……そうね」

律子の含み笑いと同時に、誰かが、いち。に。さん。と声を上げた。

その声は桜かもしれない、陽毬かもしれない。

それに合わせるように楽器を持つ人々がそれぞれに音を奏でる。ヴァイオリン、ピアノ、チェロにフルート、ヴィオラに、クラリネット。

始まりの音は、ばらばらだ。しかし、段々と音が揃い始め、重なる、広がる、深くなっていく。

人との関係も同じだ。一年、二年、重なるごとに深くなっていく。

やがて店中に、軽やかな音が響いた。

流れ始めたのはどこかで聞いたことのあるクラシック。夏の予感を秘めた音が店を明るく染め上げる。

黄金の光と黄金の音、それは輝くような演奏会の始まりだった。

あとがきに代えて——

『極彩色の食卓《カルテットキッチン》』レシピノート

◉みお

燕の面接卵焼きサンドイッチ

『オーディエンスの卵焼きサンドイッチ』より

カルテットキッチンの面接で燕が作った一品。桜の歌う『私のお父さん』はプッチーニの喜劇、ジャンニ・スキッキの劇中歌。娘が父親へ半ば脅すように「お願い」する曲ですが、歌詞に反して優雅で明るい曲調。桜の歌声と夏生のヴァイオリンを聞いた燕は、赤と黄色という明るい色彩の料理を作り出しました。

パンの間に挟む卵焼きは、贅沢に２つ使って厚みを出して。コンソメと塩コショウ、少しの砂糖をくわえた卵をふんわり混ぜ、半熟の厚焼き卵を作ります。耳を落としたサンドイッチ用食パンにケチャップとマスタードを塗り、卵を挟めば完成。余ったパンの耳はたっぷりバターで揚げ炒めて、お好みのスープに乗せても。

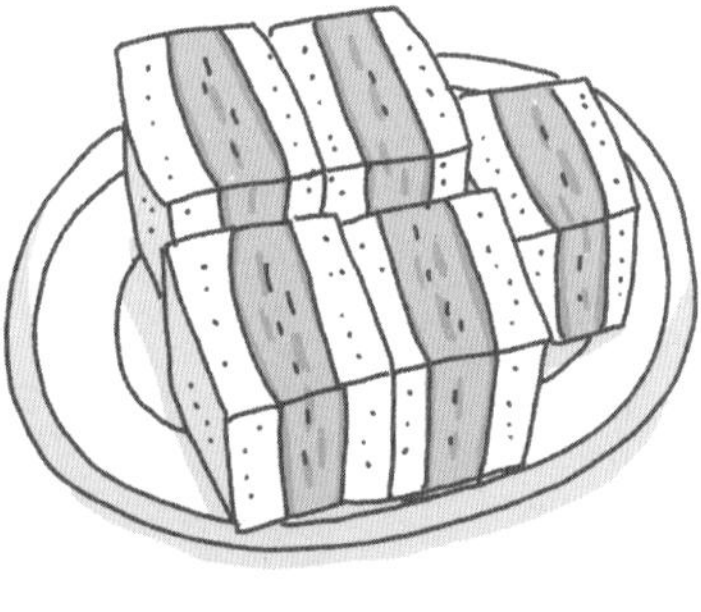

シェフの豆乳味噌トマトラーメン

『雨とカノンと豆乳味噌ラーメン』より

桜が作った久しぶりの料理。燕は一番簡単な料理としてラーメンを提案しましたが、桜は料理をアレンジしすぎるタイプ。ラーメン大好きな夏生から「ラーメン作り禁止令」を出されたため、インスタントとはいえ作るのは数年ぶりのことでした。ちなみにアレンジ癖は母から受け継いだもので、陽毬は桜のアレンジ料理が大好きです。

豆乳とトマトを入れるなら、最初の水は少なめに。袋に書かれている通りに作り、最後に無調整豆乳とトマトの角切りを加えます。最後に卵を入れて、沸騰しない程度に温めたら完成。味噌以外でも濃いラーメンなら、味がぼやけず美味しいです。パンチが効いた味がお好みならたっぷりラー油や、生姜、にんにくをプラスして。

さくらのステンドグラスクッキー

『雨のソナタの飴色クッキー』より

桜が幼稚園のときに発明した輝くクッキー。彼女が最初にステンドグラスを見たのはもっと幼い頃、父親の病院の待合室でした。桜がステンドグラスを気に入っていたので、みゆきたちがカルテットキッチンを始める際、扉の上にひまわりの柄のステンドグラス、そして窓には川に流れる桜の花をイメージしたステンドグラスを導入しました。

クッキー生地をちょっと厚めに伸ばし、型でくり抜きます。最初に抜いた型より小さめの型でさらにクッキーの真ん中をくり抜き、穴あき状態のままオーブンへ。ほんのり色が付く程度に焼いたら取り出し、抜いた穴の中に砕いた飴を流し込んだら、再びオーブンへ。熱で飴が溶けて広がったら取り出して、冷ませば完成です。

大団円手巻きサンドイッチ

『手巻きサンドイッチと黄金オーケストラ』より

燕のデリバリー料理。パンは前作に登場した食パン専門店のものを、食材は柏木が律子邸に送ってきていたものを使用。律子は「フレンチトーストも食べたい」とねだったのですが、フレンチトーストを律子以外に作りたくない燕は、妥協案としてカスタードクリームを選択。人生で初めてカスタードクリームを作りました。

食パンと具材をたっぷりお皿に盛り付けるだけ。具材はハンバーグ、ベーコンなどの肉類、揚げ物、カニカマ、味ノリ、ナスのフィリングなどの変わり種。フルーツ、チョコ、マシュマロなど甘いものまでお好みで。味付けは、ジャム、クリーム、マヨネーズ、辛子にわさびなど。好きな具を好きな味付けでパンに巻いて召し上がれ。

ことのは文庫

極彩色《ごくさいしき》の食卓《しょくたく》

カルテットキッチン

2020年5月25日　初版発行

著者　みお

発行人　武内静夫

編集　佐藤　理

印刷所　株式会社廣済堂

発行　株式会社マイクロマガジン社
URL:http://micromagazine.net/
〒104-0041
東京都中央区新富1-3-7 ヨドコウビル
TEL.03-3206-1641 FAX.03-3551-1208（販売部）
TEL.03-3551-9563 FAX.03-3297-0180（編集部）

本書は、小説投稿サイト「小説家になろう」（http://syosetu.com/）
に掲載されていた作品を、加筆・修正の上、書籍化したものです。
定価はカバーに印刷されています。

ISBN978-4-86716-011-4 C0193
乱丁、落丁本はお取り替えいたします。